Sylvie Braesi & A.W.Benedict

Magdeburger Mord(s)geschichten

Instagram: md.moerder.club

s.braesi@yahoo.com
Facebook: Sylvie Braesi

a.w.benedict@t-online.de
Facebook: A.W. Benedict
Webseite: awbenedict.de

Umschlaggestaltung: www.wolf-photoart.de
Illustrationen: A.W. Benedict

Korrektorat: Nadine Amgart

© 2019
Herstellung und Verlag: BoD – Books on Demand

ISBN 9783746046662

Bibliografische Information der Deutschen Nationalbibliothek:
Die Deutsche Nationalbibliothek verzeichnet diese Publikation in der Deutschen
Nationalbibliografie; detaillierte bibliografische Daten sind im Internet abrufbar.

Das wichtigste Rezept für einen Krimi:
Der Detektiv darf nie mehr wissen
als der Leser

Agatha Christie
(1890-1976)

Der
Magdeburger Mörder Club
stellt sich vor

Um es gleich vorwegzunehmen, wir sind weder eine gefährliche Vereinigung noch eine kriminelle Organisation. Gefährliche oder kriminelle Taten begehen wir ausschließlich auf dem Papier. Das allerdings mit viel Herzblut und Begeisterung.

Bisher spielten unsere Krimis jedoch an Schauplätzen, die sich außerhalb Magdeburgs befinden. Immer wieder wurden wir gefragt: Wieso spielen Ihre Geschichten nicht in Magdeburg?

Auch wenn wir uns noch so sehr bemühten, es unseren verehrten Lesern zu erklären, unsere Argumente überzeugten bisher nicht wirklich. Dabei ist es eigentlich ganz einfach. Unsere Geschichten passen nicht hierher. Sie würden, so wie sie sind, nicht in Magdeburg funktionieren.

Trotzdem wollten wir uns den Wünschen der Leser nicht ganz verschließen.

Und so geschah es.

In einer lauen Sommernacht erblickte der Magdeburger Mörder Club das Licht der Sterne. Einzige Voraussetzung für eine Mitgliedschaft. Man muss mindestens einen Mord verübt haben, auf dem Papier natürlich.

Unser Motto war schnell gefunden. Holen wir das Verbrechen in unsere Stadt!

Herausgekommen sind Kurzkrimis mit Augenzwinkern.

Sollten Ihnen die Titel merkwürdig vertraut vorkommen, so liegt das daran, dass wir uns berühmte Krimis aus Literatur und Film als Vorbilder gesucht haben.

Was wäre, wenn der Hund von B. vor den Toren von Magdeburg sein Unwesen getrieben hätte?

Wie würde die Geschichte aussehen, wenn nicht die Lämmer, sondern die Psychiater schweigen würden?

Nicht dass Sie uns falsch verstehen, wir sind die größten Fans dieser Originalgeschichten. Unsere Krimis sind eine Hommage an die großen Meister der Kriminalliteratur. Wir hoffen, Sie haben ebenso viel Spaß beim Lesen, wie wir beim Schreiben hatten.

Den ernsten Krimifans unter Ihnen bleiben ja noch unsere anderen Bücher.

A.W. Benedict
Sylvie Braesi

Tod auf der Elbe

A.W. Benedict

„Wo soll'n der Schaumwein hin? Ich kann die Kiste nicht ewig rumschleppen!", beschwerte sich Willy Brehmer lautstark.

„Dann stellen Sie ihn doch in Herrgottsnamen hinter den Tresen, ich kann mich doch nicht um derlei Kinkerlitzchen kümmern", brummte der Angesprochene leise zurück.

„Und stellen Sie die Flaschen so, dass sie niemand sieht. Muss ja nicht jeder sehen, dass es billiger Fusel ist. Geben Sie ihn unter dem Titel Champagner aus."

Willy verdrehte die Augen, stellte die Kiste hinter dem Tresen ab und ging, eine neue Zigarette im Mundwinkel, hinaus zu dem wartenden Lieferwagen.

Wolfgang von Hohenerben-Wiedersdorf sah sich in dem Gastraum um. Runde Tische, gepolsterte Stühle, weiße, nun gut, etwas angegraute Tischdecken, die Gläser standen auf Tabletts bereit und auf der kleinen Bühne im Hintergrund wurde in diesem Moment von seinem Mitarbeiter Simon das Mikrofon installiert. Daneben waren Blumengestecke drapiert, und eine Lichterkette gab dem Ganzen einen festlichen Tatsch. Er hatte es wieder einmal geschafft, mit minimalem Aufwand einen schillernden Event zu organisieren.

Lächelnd beglückwünschte er sich zu dem Einfall auf einem Schiff, auf der wogenden Elbe, eine Lesung seiner Autorin Millisand Ottersgraben organisiert zu haben.

Ein Verleger musste immer einen Blick auf die Kosten haben, während die Einnahmen dagegen nicht hoch genug sein konnten.

Er rieb sich die Hände. Genügend Zuhörer hatte er organisiert und Simon, sein Praktikant, arbeitete umsonst für ihn, weil der Junge noch an die Literatur und das geschriebene Wort glaubte. Was für ein Optimist.

Fehlte nur noch seine gefeierte Autorin. Ihr neuster Roman *Schnee auf dem Antlitz des Kaisers* war einigermaßen erfolgreich. Es ging eigentlich gar nicht um Schnee und schon gar nicht um einen Kaiser mit Krone. Die erotischen Anspielungen im Buch genügten, um Leser anzulocken.

Das Schiff mit dem seltsamen Namen *Biber von Magdeburg* lag am Pier und harrte der Dinge, die da kommen sollten. Der Kapitän, Van Schuler und sein Maschinist, der von allen nur Rocky genannt wurde, genehmigten sich in der Kapitänskajüte einen guten Whisky. Im Gegensatz zur Bar des Schiffes gab es beim Kapitän immer einen guten Tropfen. Rocky war ein eher magerer Mann in den Vierzigern mit langen blonden Haaren, die er meist mit einem Band zusammenhielt.

„Na dann, Rocky, sehen wir uns die Landratten mal genauer an. Halte mir nur diesen Pseudografen, den Verleger, vom Hals, der nervt mich tierisch." Er stand auf, zog seine Kapitänsjacke an und nahm die alte Tabakspfeife vom Tisch.

„Ich versteh nicht, warum du an dem Ding den ganzen Tag rumnuckeln musst?", fragte Rocky und trank den letzten Tropfen Whisky.

„Das sieht einfach authentischer aus, hab ich dir doch erklärt. Ich muss diese dämliche Mütze tragen und 'ne Pfeife im Mund und du musst immer 'nen öligen Lappen aus der Hosentasche hängen haben. Die Leute wollen das so, das ist Marineromantik. Den Affen auf der Schulter hab ich dann verworfen. Wir sind ja nicht auf der Black Pearl. Klar soweit? Also los, an Deck mit dir."

Willy, der an diesem Abend als Kellner und Barkeeper engagiert worden war, stand inzwischen an dem Laufsteg, der vom Schiff zum Anlegeplatz am Petriförder führte.

Ein Taxi hatte gehalten und eine schillernde Dame stieg aus. Sie war groß, trug einen weiten Kaftan, der alle Farben des Regenbogens hatte und auf den krausen blonden Haaren eine feuerrote Kappe mit einer langen Troddel, die bei jedem Schritt wippte. Um ihren Hals klimperten mehrere Ketten und in der Hand hielt sie eine so große bunte Tasche, als ob sie in achtzig Tagen um die Welt reisen wolle.

Auf der anderen Seite des Taxis stieg eine eher unscheinbare Person aus. Das junge Mädchen zahlte das Taxi und folgte der Dame zum Schiff. Sie trug ein graues zweiteiliges Kostüm, hatte hellbraune Haare und schleppte eine schwere Tasche, aus der Bücher hervorlugten.

„Wo bleibst du denn Rosalie, sei nicht immer so eine Trantüte!", rief die Dame im bunten Kaftan. „Ich will mich noch frisch machen, bevor meine Fans erscheinen."

Rosalie wusste genau, was frisch machen bei ihrer Mutter bedeutete. Ihren ersten Gin Tonic hatte Frau Ottersgraben bereits im Hotel an der Bar gehabt oder war es der Zweite? Rosalie zählte schon lange nicht mehr. Sie litt still vor sich hin.

Willy führte die Dame hinein zu ihrem Verleger und nahm dann mit einem Champagner beladenen Tablett Aufstellung an dem Laufsteg.

Nach einer halben Stunde erschienen weitere Gäste. Taxis fuhren vor und schütteten Menschen aus dem Inneren auf den Anlegeplatz des Schiffes.

Ein junges Ehepaar, sie in einem weißen kurzen Kleid, er in Jeans und Polohemd, waren kaum an Bord, als die Dame begann, sich über die Untreue ihres Ehemanns zu beklagen.

Dann erschienen nacheinander ein junger Mann, mit Anzug und Fliege, wie zu einem Theaterabend gekleidet, ein älterer Herr mit Rollator, zwei Damen, laut schwatzend und kichernd und zuletzt ein dicklicher Herr mit einem glänzenden Schnurrbart und einem Gehstock mit Silberknauf.

Als nächstes traf eine junge Dame ein, die sich suchend umschaute. Als sie das junge streitende Ehepaar an Bord entdeckte, hatte sie scheinbar gefunden was sie suchte. Sie ging an Bord und bekam sofort zornige Blicke von der jungen Frau im weißen Kleid, während ihr Ehegatte dem Neuankömmling zuzwinkerte.

Frau Ottersgraben fand das sehr interessant und beobachtete das Dreiergespann genau. Man wusste nie, wann man pikante Details aus dem Leben anderer Leute brauchen konnte. Dafür war sie bekannt und hatte bereits Klagen am Hals, was die Autorin aber nicht im Geringsten störte. Sie nahm sich vor, später den Namen der drei Streithähne zu notieren.

Danach kam eine ganze Weile niemand mehr und der Kapitän wollte bereits ablegen.

Herr Hohenerben-Wiedersdorf verlangte in seinem

üblichen arroganten Ton, man müsse noch warten, es käme noch ein Herr von der Volksstimme sowie ein Fotograf. Aber die Herren erschienen auch nach einer halben Stunde nicht. Dafür entschied sich spontan eine Reisegruppe spanischer Touristen das Schiff zu entern und die Reise mitzumachen. Der Verleger schäumte vor Wut.

Der Kapitän ließ ablegen und das Schiff bewegte sich zur Mitte des Flusses. Dann nahm es langsam Fahrt auf in Richtung Hohenwarthe. Im Gastraum ging es bereits hoch her, da der verteilte Champagner zwar billig war, aber das Drehmoment erheblich erhöhte. Besonders die spanischen Touristen fanden alles furchtbar erheiternd.

Nach einer kurzen Vorstellung durch ihren Verleger begann Frau Millisand Ottersgraben mit der Lesung. Die ersten Sätze flogen durch den Raum, der ein oder andere schmunzelte hinter vorgehaltener Hand über die erotischen eigenartigen Ausflüge dieser betagten Dame.

Rosalie schämte sich und bekam die ersten rosa Flecken auf den Wangen. Der junge Herr mit der festlichen Fliege hatte sich zu dem jungen Mädchen gestellt und lächelte sie aufmunternd an.

Die spanischen Touristen hatten bereits die nächste Runde Schaumwein intus und fanden die Lesung furchtbar lustig.

Frau Ottersgraben beendete ihren Vortrag und stellte eine Widmung in ihrem berühmten Buch in Aussicht.

Niemand machte Anstalten ein Buch zu erwerben, also ging die gefeierte Autorin an Deck, um Luft zu schnappen. Nicht ohne vorher einen neuen Gin Tonic von Willy zu verlangen.

„Servieren Sie mir an Deck, sparen Sie nicht mit dem Gin und ein Fitzelchen Zitrone, wenn ich bitten darf und zwar flott."

Sie machte sich schwankend auf den Weg. Ihre Ketten klimperten beim Gehen und die Troddel auf ihrem Hut wippte dazu.

Rosalie sah ihrer Mutter beunruhigt nach.

Aber der junge Herr mit der festlichen Fliege verwickelte sie in ein Gespräch und bald schon dachte das Mädchen nicht mehr an die Mutter. Sie amüsierte sich über die vielen Anekdoten, die der weitgereiste Mann zu erzählen hatte und ließ sich zu einem Aperol Spritz einladen.

Der rundliche Herr mit dem glänzenden Bart sah vor dem Fenster, wie sich Frau Ottersgraben schwankend an der Reling festhielt und aus ihrer riesigen Tasche eine Zigarette an einer langen Spitze hervorzog.

„Mon Dieu!", murmelte er.

„Oh, Sie sind Franzose? Wie wunderbar", sagte jemand sehr laut neben ihm. Die beiden Damen, die sofort kichernd ihre Hände vor den Mund hielten, sahen sich begeistert an.

„Non, Madame, ich bin Belgier. Das ist ein feiner Unterschied", bemerkte er leicht verschnupft.

„Wie wunderbar!", rief die eine der Damen laut und erhob ihr Glas. „Ich liebe Belgien über alles. Kennen Sie Straßburg?"

„Das ist eine Stadt in Frankreich Madame", sagte seufzend der Herr und rückte genervt Salzstreuer und Zuckerdose auf seinem Tisch in eine ordentliche Reihe.

Die beiden Damen sahen sich zweifelnd an.

„Irren Sie sich da nicht?"

Alle Anwesenden hatten dem Disput amüsiert zugehört. Die spanischen Touristen prosteten sich zu. Der Mann mit dem Rollator erhob sich ächzend und riss dabei die Tischdecke mit. Gläser und Tassen ergossen sich klirrend auf den Boden. Man könnte behaupten, das Chaos war perfekt.

In diesem Augenblick vernahm man einen lauten Klatscher an Backbord und einen kurzen Schrei. Alle liefen sofort an Deck und sahen sich um. Aber es war niemand dort und als man über Bord sah, war da nichts zu sehen.

Nur auf den Wellen in einiger Entfernung dümpelte eine Kappe mit einer Troddel auf den Wellen.

Der Kapitän hatte ebenfalls etwas gehört und stoppte die Maschinen. Da es bereits dunkel war, nützten auch die Taschenlampen, die man auf das Wasser hielt, nicht mehr viel.

Niemand hatte etwas gesehen. Aber nachdem man sich umgesehen hatte, war klar, dass Frau Ottersgraben verschwunden war.

Die Polizei wurde alarmiert und der Seenotrettungsdienst rückte aus. Am Morgen durchkämmten Taucher den Boden und die Umgebung, aber man fand nichts. Der Herr Kommissar konstatierte einen bedauerlichen Unfall.

Die völlig aufgelöste Rosalie fand Trost in den Armen des Herrn mit Fliege, der Verleger rieb sich die Hände, weil ein toter Autor besser war als ein lebender, die spanische Touristengruppe hatte nichts mitbekommen und feierte weiter bis zum Mittag. Dann wurden sie, in Magdeburg angekommen, von Bord gewiesen, nachdem die Polizei ihre Angaben zu

Protokoll genommen hatte. Außerdem war der Wein alle.

Der belgische Herr nahm das nächste Taxi und verschwand schneller als erwartet, der Mann mit dem Rollator konnte plötzlich sehr gut gehen und nahm das Teil unter den Arm, die beiden Damen kicherten und das Dreiergespann hatte sich geeinigt. Man gab dem Ehegatten den Laufpass und ging Arm in Arm davon und Willy?

Willy nahm seine Tasche aus dem Spint, ging von Bord und freute sich, dass seine Rache wirklich süß gewesen war.

Diese furchtbare, Gin verseuchte Autorin hatte versucht ihn in einem ihrer Bücher zu deskreditieren. Sie hatte ihn bloßgestellt. Er hatte seinen Job und seine Frau verloren. Nun lebte er von Gelegenheitsjobs. Der nächste Zug war seine Fahrkarte in die Freiheit. In Hannover stieg er in den Fernzug nach Straßburg. Er fand sein reserviertes Abteil und setzte sich.

Im Abteil saß ein rundlicher Herr und strich über seinen gepflegten Schnurrbart, neben sich einen Spazierstock mit Silbergriff. Ihm gegenüber lockerte ein junger Herr in Anzug und Fliege nervös seinen Kragen.

Die Tür des Abteils öffnete sich und die beiden kichernden Damen erschienen, im Schlepptau den Mann mit dem Rollator, den er nun nicht mehr brauchte und in Magdeburg entsorgt hatte. Sie setzten sich, lächelten sich zufrieden zu und begannen lauthals zu lachen.

Jeder in der Runde hatte ein Hühnchen zu rupfen gehabt mit der Autorin Millisand Ottersgraben, die im wirklichen Leben Ottilie Schmidt hieß. Jedem einzelnen hier hatte sie das Leben zur Hölle gemacht.

Willy öffnete seine Tasche, nahm eine Flasche des besten Champagner und Gläser heraus, goss reihum ein und man prostete sich zufrieden zu.

Gemeinsam war man stark.

„War doch eine tolle Idee, die Spanier mit einzuladen oder?", kicherten die beiden alten Damen.

Das Motiv

Welche Bedeutung ein Motiv hat, sehen Sie schon daran, dass es bei der Kripo immer ganz oben auf der Wichtigkeitsliste steht.

Während CSI Magdeburg noch ein Haus umbaut, einen Garten umgräbt oder einen Laptop formatiert, sind die Kriminalpolizisten schon am Grübeln, warum der Tote getötet wurde.

Sie stöbern im Leben des Toten herum und befragen Familie, Kollegen und Freunde. Von denen hören sie erst einmal nur Gutes. Denn wer schlecht über den Toten redet, könnte sich verdächtig machen.

Also sollten Sie, falls Sie selber mal beabsichtigen, zum Mörder zu werden, auch gut über den Verblichenen reden. Warum auch nicht. Sie haben sich ja schon gerächt, also ist die Luft raus.

Nun zu den Motiven.

Alle möglichen Motive aufzuzählen würde den Rahmen sprengen. Wir bleiben deshalb bei den wichtigsten: Neid, Gier, Rache, Eifersucht, Liebe, Hass.

Und nun überprüfen Sie mal Ihr Motiv. Sehen Sie sich irgendwo in der Liste?

Wenn ja, dann sind Sie in *guter Gesellschaft.*

Neid - Kain erschlug seinen Bruder Abel.

Gier - Macbeth ermordete seinen Vater, um selbst König zu werden.

Rache - Achilles erschlug Hektor, weil der seinen Geliebten erschlagen hatte.

Eifersucht - Othello erwürgte Desdemona weil er glaubte, dass sie ihm untreu war.

Liebe - Romeo und Julia tranken Gift, weil einer vom anderen glaubte, dass er tot sei. Okay, das war Selbstmord!

Hass - Brudermord, Vatermord, Ehegattenmord.

Also wenn Sie mich fragen, in manchen Familien geht es schlimmer zu, als in einem Psychothriller.

Jetzt sehen Sie sich die Beispiele mal genau an. Keine dieser Geschichten ist gut ausgegangen. Wenn Sie sich dennoch dafür entscheiden, Ihre neidische Gier nach Rache aus Eifersucht in Liebe auszuführen, dann verbergen Sie Ihr Motiv wenigstens.

Wie? Indem Sie über Ihren Schatten springen.

Neid: Gratulieren Sie Ihrem Gegner zum Sieg. Sagen Sie Ihrer Busenfeindin, wie toll Sie nach der Diät aussieht. Bewundern Sie die Fotos Ihrer Nachbarn vom Haus, der Yacht und dem Porsche.

Gier: Sagen Sie Freunden und Verwandten, wie sehr Sie sich über jeden Tag freuen, an dem der reiche Erbonkel noch unter den Lebenden weilt. Sagen Sie vor der Wahl immer: Möge der Bessere gewinnen!

Rache: Verkünden Sie laut und oft, dass Sie herzhaft darüber gelacht hätten, als Sie Ihr Foto vom letzten Komasaufen im Internet entdeckt haben.

Kommentieren Sie die Beleidigung auf Instagram mit den Worten: Jeder hat das Recht auf eine eigene Meinung.

Laden Sie Ihre Freundin zu Ihren Partys ein, obwohl sie

bei der letzten Party mit Ihrem Mann im Bootshaus verschwunden ist.

Eifersucht: Erzählen Sie allen, wie sehr Sie Ihren Mann bedauern, weil er sooo oft lange arbeiten muss.

Sagen Sie Ihrer Freundin, dass ihr neuer Freund viel besser zu ihr passt, als zu Ihnen.

Liebe: Erzählen Sie jedem, dass Sie Schluss gemacht haben und löschen Sie die Schlussmach-SMS von Ihrem Ex.

Wir fassen zusammen.

Das Unterdrücken Ihrer Emotionen ist absolut wichtig, aber sehr schwer. Sie sind ja schließlich kein Vulkanier.

Sie können es mit Yoga, Meditation oder Tranquilizer versuchen. Vielleicht klappt's ja.

Eine echte Chance haben Sie aber nur dann, wenn Sie eine soziopathische Persönlichkeit besitzen. Das können Sie übrigens im Internet unter psychotest.de testen.

Viel Spaß!

Nightmare at Tobi

Sylvie Braesi

Friedrich Krüger arbeitete schon seit Jahren als Nachtwächter im Tobi-Baumarkt in der Saalestraße von Magdeburg Rothensee. Er liebte es, nachts durch die leeren Gänge zwischen den Regalen zu schlendern und hier und da ein fehlgelagertes Werkzeug wieder an seinen Platz zu bringen. In seinem kleinen, nächtlichen Reich gab es keine Unordnung, dafür sorgte er schon.

Doch heute Nacht war seine Ordnung empfindlich gestört worden. Krüger sah auf den Schlamassel vor ihm auf dem Boden. Wieso musste der Idiot Meyers auch ausgerechnet heute länger arbeiten? Konnte er nicht, wie jeder vernünftige Mensch, seinen Feierabend genießen? Stattdessen lag er nun hier vor ihm, mausetot.

Das hatte Krüger natürlich nicht gewollt. Als sein Chef plötzlich hinter ihm aufgetaucht war, hatte er einen solchen Schreck gekriegt, dass ihm der Akkubohrer aus der Hand gefallen war. Natürlich hob er das Gerät sofort wieder auf und überprüfte es auf Funktionstüchtigkeit. Meyers verstand das irgendwie nicht. Er fing an rumzubrüllen, nannte Krüger einen Dieb und dass er die Polizei einschalten würde.

Krüger war bestürzt. Er war doch kein Dieb. Okay, er nahm ab und zu etwas aus dem Baumarkt mit nach Hause, aber er brachte es immer wieder zurück, gereinigt und in der

Originalverpackung. Das war nicht stehlen, das war borgen. Und noch nie hatte jemand etwas bemerkt. Er ging sehr sorgsam mit dem Geborgten um.

Er wollte es Meyers gerade erklären, als der sich auf ihn stürzte und versuchte, den Akkubohrer aus der Hand zu reißen.

Blöd, dass der noch an gewesen war. Krüger hätte seinem Chef das Scheißding lieber vor die Füße werfen sollen, als es krampfhaft festzuhalten. Der hätte aber auch einfach loslassen können. Tat er nicht und Krügers Hände waren vor Schreck feucht geworden.

Krüger hatte das Gerät nicht mehr halten können, Meyers war nach hinten getaumelt, über die dort liegende Kettensäge gestolpert und gestürzt.

Jetzt lag er vor Krügers Füßen. Der Bohrer steckte tief in einem Auge, das andere stand weit offen und sah Krüger scheinbar vorwurfsvoll an.

Da war wohl nichts mehr zu machen.

Bloß gut, dass er immer eine Plane auslegte, wenn er etwas ausborgte. Meyers war wenigstens so entgegenkommend gewesen, auf die Plane zu kippen. Die Sauerei war auch so schon schlimm genug.

Jetzt musste er erst mal aufräumen. Verdammt, das würde bestimmt die ganze Nacht dauern.

Krüger behielt Recht. Erst hatte er Meyers Körper für den Abtransport in seinem Smart zurechtstutzen und dann auch noch auslaufsicher verpacken müssen.

Seine Frau war so geruchsempfindlich.

Die blutige Plane schnürte er mit ein paar kaputten Steinen

aus der Abteilung für Baumaterialien zusammen und versenkte alles im Barlebersee. Das Einzige, was ihm dabei Sorgen bereitete war, dass er dafür seinen Baumarkt für kurze Zeit unbewacht lassen musste. Aber es ging alles gut.

Beim Baumarkt zurück, fiel ihm das Fahrrad seines Chefs ein. Das passte nicht in den Smart aber das musste es auch nicht. Er besorgte sich einfach eine Halterung für das Heckteil des Autos. Die standen bei Autozubehör.

Dann fuhr er mit dem Auto zum Neustädter Bahnhof und stellte es dort, ohne es anzuschließen, ab.

Krüger hatte in der Volksstimme gelesen, dass 2017 insgesamt 2738 Fahrräder als gestohlen gemeldet worden waren. Mit etwas Glück war Meyers Fahrrad schon bald auf dem Weg nach Afrika.

Das hatte alles mehr Zeit gekostet, als er gedacht hatte. Bald würde die Frühschicht eintreffen.

Die Geräte gründlich zu reinigen blieb keine Zeit mehr. Er würde sie einfach ausborgen und zu Hause saubermachen.

Gerade noch rechtzeitig schaffte Krüger es, Meyers, den Akkubohrer und die Kettensäge in sein Auto einzuladen, als die ersten Mitarbeiter von Tobi auftauchten.

Auf dem Nachhauseweg überlegte er, was mit Meyers geschehen sollte. Dann viel ihm der illegale Müllabladeplatz, an dem er jeden Tag vorbeifuhr, ein. Diesen Schandfleck gab es schon jahrelang und es kam ständig Müll dazu. Ein paar Müllsäcke mehr würden da nicht auffallen, und es war auch nicht damit zu rechnen, dass sich die Gemeinde in nächster Zeit um die Entsorgung kümmern würde.

Meyers Überreste fanden ihren Platz hinter einem Sofa,

zwischen Kartons, kaputten Regalen und aufgeplatzten Alt-kleidersäcken.

Als er sein Auto auf die Einfahrt zu seinem Einfamilien-haus lenkte, dachte Krüger bei sich: *Was für eine Nacht! Ein Albtraum hätte nicht schlimmer sein können. Zum Glück war alles noch einmal gut gegangen.*

Wie sehr er sich doch irrte.

Nach einem gemütlichen Frühstück mit seiner Frau konnte er sich kaum noch auf den Beinen halten, so müde war er. Er verschlief den Vormittag und auch das Mittagessen. Erst zur Kaffeezeit wachte er wieder auf. Jetzt musste er sich aber langsam mal um die Reinigung der Geräte kümmern, damit er sie heute Nacht wieder an ihren Platz bringen konnte.

Beim Blick in das Innere seines Smarts gefror ihm das Blut in den Adern. Er sah den Akkubohrer, aber die Ketten-säge nicht. Dafür hörte er sie sehr deutlich.

Wer benutzte die Kettensäge?

Seine Frau sicher nicht, die rief ihn schon zu Hilfe, wenn ein Nagel in die Wand zu schlagen war. Da kam sie gerade angelaufen und wedelte aufgeregt mit dem Geschirrtuch.

„Schatzi, du bist ja schon wach. Ich mach gleich Kaffee."

Krüger deutete auf den Innenraum des Autos und stam-melte: „Die Kettensäge! Sie lag im Auto."

Frau Krüger winkte ab.

„Ich hab mich auch schon gewundert, wieso du sie noch hast. Du wolltest doch alles schon letzte Nacht wieder abge-ben. Na egal. Ich hab die Säge unserem neuen Nachbarn ge-borgt. Der will nächste Woche mit dem Hausbau anfangen und da müssen noch ein paar Bäume weg."

Krüger glaubte seinen Ohren nicht zu trauen. Noch nie hatte sich seine Frau an dem Auto zu schaffen gemacht, geschweige denn an den Werkzeugen.

„Du kannst doch die Geräte nicht einfach an Fremde verborgen, schon gar nicht, wo ich sie selbst nur ausgeliehen habe. Was glaubst du, wer dafür gradestehen muss, wenn was damit passiert?"

Frau Krüger zog einen Flunsch.

„Nun hab dich mal nicht so. Unser Nachbar hat so nett gefragt und ich hab ihm natürlich gesagt, dass er vorsichtig sein soll. Was sollte ich denn machen, wo seine Kettensäge doch kaputt ist."

Energisch drehte sie sich um und lief ins Haus. Für Krüger war das Thema aber noch nicht vorbei. Er lief ihr nach und schimpfte weiter.

„Du bist viel zu vertrauensselig. Wer weiß, was das für Leute sind. Also mir hat sich der Mann noch nicht vorgestellt."

„Hast du dich denn vorgestellt?", fragte sie kämpferisch und setzte noch eins drauf. „Hast du Angst, dass er ein fieser Serienmörder ist und uns mit der Kettensäge in kleine Stücke sägt?"

„So hab ich das nicht gemeint."

„Oh gut. Außerdem wäre ja wohl ich das Opfer, denn du bist ja nachts nicht zu Hause."

„Ich will einfach nicht, dass du unser Zeug verborgst. Was kommt als Nächstes dran, das Auto? Außerdem muss ich die Geräte heute zurückgeben."

„Hör auf zu maulen und trink deinen Kaffee. Die Geräte

kannst du auch morgen zurückgeben. Ich mach dir was vom Mittagessen warm."

Das war das Ende der Diskussion. Verstohlen sah Krüger über den Zaun auf das Baugrundstück nebenan und beobachtete den neuen Nachbarn beim Zerlegen eines Baumstamms. Am Abend fuhr Krüger ohne die Geräte zum Baumarkt.

Noch nie hatte Krüger einem Morgen so entgegengefiebert, wie in dieser Nacht. Das lag wohl auch daran, dass er bei Dienstantritt von den Mitarbeitern des Spätdienstes mit der Nachricht empfangen wurde, dass der Chef sich den ganzen Tag nicht hatte blicken lassen.

Krüger quälte sich ein: „Vielleicht ist er krank", heraus. Kassiererin Elfi konterte sogleich. „Dann hätte er doch angerufen."

Während die Kollegen begannen, die wüstesten Theorien über das Fehlen von Meyers aufzustellen, wandte sich Krüger seinem Spind zu und schwieg.

Die ganze Nacht war er ziellos durch den Baumarkt gelaufen. Endlich war es Morgen.

Zum ersten Mal in all den Jahren achtete er nicht auf die Geschwindigkeit, nur um so schnell wie möglich nach Hause zu kommen.

Seine Frau hatte an diesem Morgen einen Arzttermin, also konnte er sich in Ruhe seinen Werkzeugen widmen. Er würde heute erst schlafen gehen, wenn diese Sache erledigt war.

Der Akkubohrer war kein Problem. Er musste nur den Bohrkopf herausnehmen und gegen einen neuen austauschen. Das war schnell erledigt. Jetzt die Kreissäge noch.
Er sah sich um. Sie war nirgends zu entdecken.

Hatte der Kerl etwa die Frechheit besessen und sie noch nicht zurückgebracht? Krüger war wütend. Genau das hatte er gemeint.

Er überlegte gerade, ob er sich einfach mal auf dem Nachbargrundstück umsehen sollte, als er eine Stimme von der Straße hörte.

„Guten Morgen Herr Krüger."

Sein Nachbar stand da, die Kettensäge in der Hand.

Krüger atmete erleichtert auf. Alles war gut.

„Ich bin Ihr neuer Nachbar, Winkler mein Name."

Er ging seinem Nachbarn entgegen.

„Gut, dass Sie die Kettensäge bringen, Herr Winkler. Ich muss Sie nämlich heute wieder auf der Arbeit abgeben."

Winkler nickte verständnisvoll, während Krüger das Gerät genau musterte.

„Ihre Frau hat mir schon erzählt, dass Sie sich Sorgen um das gute Stück gemacht haben. Also ich war sehr vorsichtig."

„Naja, ich hab sie ja auch nur ausgeliehen. Da möchte man nicht, dass was drankommt."

„Das verstehe ich. Aber ich schwöre, sie ist so gut wie neu."

Der neue Nachbar schien ja wirklich nett zu sein. Da war die ganze Aufregung wohl umsonst gewesen.

„Sie fangen ja bald an zu bauen. Also wenn Sie wieder mal etwas brauchen, ich arbeite im Tobi Baumarkt. Dort kann man alles ausleihen, kostet auch nicht viel."

Das schien Winkler zu freuen.

„Prima Tipp. Da wollte ich heute sowieso noch hin."

Krüger hatte jetzt genug von dem Smalltalk. Er musste

sich beeilen, bevor seine Holde vom Arzt kam.

„Tja dann werd ich mal die Säge noch saubermachen. Schönen Tag noch."

Winkler lachte. „Nicht nötig, Herr Krüger. Das hab ich natürlich schon erledigt. Das gehört sich doch wohl so, wenn man sich etwas ausborgt."

Krüger sah auf die Kettensäge und sein Herz fing an zu rasen.

„Das hätten Sie aber nicht tun müssen", sagte er in seiner Verzweiflung.

„Das Gerät sah ziemlich verschmutzt aus. Die ganzen Sägespäne und der Dreck, also so hätte ich es nicht zurückgeben können."

Krüger wusste nicht, was er noch sagen sollte, also sage er nichts. Dafür redete Winkler weiter.

„Wie verschmutzt sie wirklich war, habe ich allerdings erst gemerkt, als ich sie auseinander gebaut hatte. Die Sägespäne waren bis unter die Schutzhülle gedrungen und sie hatten eine so merkwürdige Farbe. Es sah aus, als hätten sich die Späne mit Blut vermischt. Und dann hab ich auch noch einen Knochensplitter gefunden. Was haben Sie denn damit zersägt, Herr Krüger?

„Ich habe Holz gesägt. Aber was geht Sie denn das an?"

Winklers Freundlichkeit war verschwunden. Er hielt Krüger ein Dokument vor die Nase und sagte: „Ich bin bei der Kriminalpolizei, Hauptkommissar Winkler."

Krüger wurde blass und sackte innerlich zusammen. Wie kam er da jetzt raus?

Winkler gab ihm keine Zeit zu überlegen.

„Herr Krüger, Sie haben kein Holz damit zersägt und wenn unser Kriminallabor mit der Untersuchung fertig ist, wird sich rausstellen, dass das Blut und der Knochensplitter zu einem Menschen gehören. Wollen Sie mir nicht lieber sagen, zu welchem Menschen?"

Krüger schüttelte den Kopf und versuchte es mit: „Ich weiß nicht was Sie meinen."

„Schade", entgegnete Winkler, „das hätte sich bestimmt strafmildernd ausgewirkt. Dann sag ich es Ihnen. Gestern Abend wurde ein Markus Meyers von seinem Lebensgefährten als vermisst gemeldet. Der hatte das Fahrrad seines Partners zufällig am Neustädter Bahnhof entdeckt. Sie waren für den Abend verabredet gewesen, aber er kam nicht und ging auch nicht ans Telefon. Auf der Arbeit, dem Tobi Baumarkt, war er auch nicht gewesen. Als ich die Kettensäge für eine Untersuchung ins Labor brachte, untersuchten die Techniker gerade das Fahrrad. Sie erzählten mir die Geschichte vom verschwundenen Baumarkt Filialleiter. Also da waren ein verschwundener Mann und mein Nachbar mit einer blutigen Kettensäge. Beide Männer arbeiten im Tobi Baumarkt und die Kettensäge stammte auch von dort. Also das konnte bestimmt kein Zufall sein. Übrigens wir haben das Handy von Herrn Meyers nicht weit von hier, auf einem illegalen Müllablageplatz geortet. Auf dem Weg zum Polizeirevier kommen wir sogar daran vorbei."

Mit einer einladenden Bewegung trat Hauptkommissar beiseite und gab den Blick frei auf die beiden Polizisten, die Krügers Auffahrt entlangkamen.

„Sie begleiten uns doch bestimmt gerne, oder?"

Mordwaffe, die

Substantiv, Femininum

Wir wollen an dieser Stelle die Wichtigkeit der Wahl der richtigen Mordwaffe unterstreichen. Sie sollte zu Ihnen passen, so wie die Handtasche zu den Schuhen.

Umgehen sollte man damit auch können. Das ist bei Schusswaffen besonders notwendig. Da muss der erste Schuss sitzen, ansonsten ist Ihr Opfer auf der Flucht, wahrscheinlich erfolgreich.

Gut im obigen Fall handelte es sich eher um ein Mordwerkzeug, das auch noch zufällig zur Mordwaffe wurde. Schauen Sie sich bei Ihrem nächsten Besuch im Baumarkt mal genauer um. Nein, nicht weil jeder mit einem Akkubohrer in der Hand ein Mörder sein könnte. Aber bei manchen Geräten könnten einem schon gewisse Ideen kommen. Vor allem, wenn man Krimiautor ist. Vorsicht Kopfkino!

Eine Kettensäge ist auf jeden Fall einfacher zu kriegen, als eine Walther PPK. Für die bräuchte man erst mal einen Waffenschein und einen Aston Martin. Die Werkzeuge sind da wesentlich unauffälliger, man kann sie sogar ausleihen und den Kleintransporter dazu.

Trotzdem ist Vorsicht geboten. Bringen Sie die entliehenen Geräte unbedingt pünktlich und gut gereinigt zurück.

Es wäre dann nur noch eine Frage zu klären. Wohnt ein Polizist in Ihrer Nachbarschaft?

Wohin mit der Leiche I

Wir geben Ihnen einen guten Rat, lassen Sie es besser nicht auf einen Leichenbeschauer oder Rechtsmediziner ankommen. Bis dahin hatte sich Herr Krüger korrekt verhalten.

Aber die Leiche muss verschwinden. Spätestens jetzt ist der Zeitpunkt gekommen, eine Wahl zu treffen, wohin mit dem Körper oder den Überresten.

Sie denken sich also, am besten schaffe ich die Leiche so weit weg wie möglich. Eine einsame Gegend mit wenig Verkehr und noch weniger Menschen wäre genau das Richtige.

Nur leider ist die innere Mongolei zu weit weg und Sibirien ist politisch gesehen nicht günstig. Ohne Zwischenfälle dorthin zu kommen, wäre eine echte logistische Meisterleistung.

Und dann der Papierkram! Sie brauchen einen gültigen Pass, ein Visum und viel Platz im Rucksack. Fliegen fällt aus, weil sie das Teil, also den Rucksack, nicht als Handgepäck durchkriegen. Bahnreisen dauern länger als Ihr Rucksack und die Plastefolie das aushalten.

Also lieber doch Deutschland? Uns fallen da die Lüneburger Heide, der Schwarzwald, der Spreewald, Finsterwalde und das Mansfelder Land ein. Bis auf Letzteres müssen Sie dort aber mit einem hohen Urlauberaufkommen rechnen. Auf deren Hilfe brauchen Sie nicht hoffen, wenn sie in die schöne Landschaft ein Loch buddeln.

Selbst wenn Sie es schaffen, die Leiche unbeobachtet und weit weg von Wanderwegen zu vergraben, denken Sie daran dass sich auch Pilzsammler, Jäger, Hunde und Trüffelschweine gern durchs Dickicht schlagen. Irgendeiner von denen muss nur etwas erschnüffeln, fängt an zu buddeln und bringt stolz einen Knochen an. Braves Wuffilein!

Also noch tiefer in den Wald? Sicher, es soll Gegenden geben, die noch nie ein Mensch zuvor betreten hat, aber unbeobachtet sind Sie dort auch nicht.

Jeder Futzi ist inzwischen selbsternannter Drohnenpilot, fliegt über Berg und Tal und macht Fotos. Diese Fotos sind sogar um Längen besser, als die Fotos, die von den Spionagesatelliten geschossen werden. Wenn Sie Glück haben, bleiben ihnen noch zwei Stunden, bis die Polizei Sie auf den Fotos identifiziert hat.

Na dann in die Berge? Prima Idee!

Seit den letzten Starkregen sind wahrscheinlich ein paar Plätze links und rechts neben den kleinen Bergbächen wieder frei geworden. Diejenigen, die vor Ihnen auf diese Idee kamen, sind jetzt sicher damit beschäftigt, für ihre Hinterlassenschaften ein anderes trockenes Plätzchen zu finden. Falls diese Hinterlassenschaft es nicht schon selbst getan hat.

Gehen Ihnen die Ideen aus?

Was wollen Sie? Ins Moor? Um Gottes willen! Hände weg vom Moor! Wieso? Na dann googeln Sie mal *Moorleichen*. Oder fragen Sie Dr. Mark Benecke, was er davon hält.

Reden wir nicht lange drum herum. Der Wald und die Heide sind nicht zu empfehlen.

Überlegen Sie sich also was anderes.

CSI Texas

Sylvie Braesi

Triple K latschte missmutig über den Rasen. Eigentlich hieß er Kevin Krone und bis vor kurzem hatte er darauf bestanden Kevin *King* Krone genannt zu werden. Aber so hatte ihn keiner rufen wollen. Also hatte er sich in Triple K umbenannt, so wie sein Idol Vin Diesel in Triple X.

Aus seiner Sicht hatten sie einiges gemeinsam, den coolen Gang, die Muckis, die Liebe zu schnellen Autos und heißen Bräuten. Jeden Tag traf Triple K sich mit den Jungs in einem Schuppen hinter dem Haus, in dem er wohnte. Es war so etwas wie ihr Clubhaus geworden. Die Mieter des Hauses hatten keine Verwendung dafür gehabt, also hatten sie sich dort eingenistet. In Texas-Nordwest gab es sonst nicht viel, wo man abhängen konnte.

Doch gerade jetzt war ihr Clubhaus der Grund, weshalb Triple K so schlechte Laune hatte. In der letzten Zeit hatten die Jungs immer öfter bei den Partys über die Stränge geschlagen. Das Resultat war eine Anzeige wegen Ruhestörung. Der Vermieter wollte, dass sie dort verschwanden und zur Bekräftigung würde der Schuppen abgerissen werden. Das war eine total beschissene Sache, denn nun brauchten sie eine neue Location und zwar schnell.

Die Jungs warteten schon auf ihn. Heute wollten sie den Schuppen ausräumen. Was heißt wollten, sie mussten, denn morgen kam der Vermieter und was nicht raus war, wurde mit dem Schuppen entsorgt.

Fürs Erste kam das Zeug in einer leeren Garage unter, aber nur vorrübergehend. Ingo hatte von seinem Vater gehört, dass in dem Garagenkomplex etliche Garagen leer standen. Bis sich was Besseres ergab, würden sie eben hier abhängen.

Für den Transport hatte Alibaba, der eigentlich nur Ali hieß, einen Transporter besorgt. Er war der einzige mit Führerschein in der Gang und er war ihr Quotenausländer. Seinetwegen konnte keiner behaupten, dass sie rassistisch waren. Bei ihnen ging's gerecht zu, jedes Arschloch kriegte sein Fett weg. Ali war auch der einzige von ihnen, der Arbeit hatte, bei seinem Vater im Laden für orientalische Lebensmittel.

Triple K rührte während des gesamten Umzugs keinen Finger und das wurmte die anderen. Außerdem fuhr nur er mit Ali im Auto, die anderen mussten laufen.

Als sich dann tatsächlich einer beschwerte, hatte Triple K ein Opfer für seine schlechte Laune gefunden. Er stieß den Aufrührer unsanft zu Boden und brüllte: „Hab ich vielleicht die Scheiße hier verbockt? Ne, das wart ja wohl ihr Idioten. Ich hab nur den Ärger mit dem Vermieter am Hals. Und hat vielleicht einer von euch schon ne andere Bleibe für uns gecheckt? Ingo hat wenigstens die Garage aufgetrieben, aber ihr?"

Er sah einen nach dem anderen an, alle schauten betreten zu Boden. Am liebsten würde er dem Unglücksraben am Boden mal richtig die Fresse polieren, so wütend war er.

Buster, der Ruhige in der Gang, versuchte ihn zu beschwichtigen. „Ey Alter, reg dich ab. Wir finden schon was." Blöde Idee, denn jetzt konzentrierte sich Triple K auf ihn.

„Ach ja, Blödmann! Und was machen wir bis dahin?"

„Wir könnten ja mal wieder um die Häuser ziehen", kam es vorsichtig von Buster.

„Und wozu soll ich mit euch in der Gegend rumrennen? Wenn du spazieren gehen willst, such dir ne Tusse."

„Komm Alter, wir holen uns ein paar Bier und sehen was läuft", warf Ingo vorsichtig in die Runde.

Die Aussicht auf Bier schien Triple K zu besänftigen, denn er stieg zu Ali ins Auto und rief seinen Leuten zu: „Wir treffen uns gleich am Supermarkt und nehmt den Blödmann am Boden mit, er is dran mit löhnen."

Einige Bierchen später war von dem Ärger nichts mehr zu spüren. Es war Anfang des Monats und dank der pünktlichen Zahlung des Jobcenters, gab es reichlich Nachschub an Alk.

Die Jungs waren bald in aufgekratzter Stimmung und dass bekamen die Kunden des kleinen Supermarktes zu spüren.

Sie pöbelten jeden an, der den Fehler machte, an ihnen vorbeizugehen. Das war eben ihr Verständnis von Gerechtigkeit.

Der Filialleiter versuchte mit ruhigen Worten die Jungs zum Gehen zu bewegen, ohne Erfolg.

Nun begannen sie auch noch Wettfahrten mit den Einkaufswagen zu veranstalten. Sollte er die Polizei rufen? Das hatte er schon oft getan, aber geholfen hatte es auch nicht.

Entweder verschwanden sie kurz vorher und tauchten wieder auf, sobald der Streifenwagen weg war, oder es wurde ein Platzverweis ausgesprochen, der sowieso nicht beachtet wurde. Die kamen einfach immer wieder.

Plötzlich entdeckte der Filialleiter eine junge Frau an der Kasse, die in seinem Nachbarhaus wohnte. Die Frau war doch bei der Polizei? Wie war gleich ihr Name? Ja richtig, Susanne Uhlmann.

Sie trug gerade keine Uniform, also war sie nicht im Dienst. Egal, er konnte sie ja mal ansprechen. Er tat es und die Frau erklärte sich bereit, mal mit den Jungs zu reden. Die meisten aus der Truppe kannte sie, war mit ihnen zusammen in die Schule gegangen.

Sie verstaute ihren Einkauf im Auto und ging auf die Jungs zu. Der erste, der das bemerkte, war Ali. Er stieß Triple K an.

„Hallo Kevin", grüßte Uhlmann. Nach ein paar Augenblicken machte es endlich klick bei ihm.

„Ey das ist ja Susi, die Eule aus der Schule. Lange nich gesehen. Was is'n los? Willste uns ein Bier spendieren?"

Uhlmann blieb ruhig, obwohl ihr die Nennung ihres ungeliebten Spitznamens einen Stich versetzte. Kevin war der, der sich damals diese und viele andere Hänseleien ausgedacht hatte.

„Ich denke, Bier habt Ihr schon genug intus. Der Filialleiter hat mich gebeten, Euch zu sagen, dass Ihr die Kunden belästigt. Wie wär's, wenn Ihr die Leute hier in Ruhe lasst und woanders Euer Bier trinkt."

„Das is ein freies Land und ich kann trinken, wo ich will!", pöbelte Ingo zurück. „Wie wär's, wenn du uns in Ruhe lässt."

Triple K schob Ingo zur Seite, Uhlmann war seine Angelegenheit. Er baute sich vor ihr auf.

Da er einen Kopf größer war als Uhlmann, konnte er auf sie runterblicken. Damit hatte er schon manchen zum Rückzug gezwungen. Bei ihr gelang ihm das nicht. Also musste er noch eins drauflegen.

„Der Kerl is ein Weichei. Schickt ne Tussi vor? Sag dem Feigling da drin, wenn er Ärger haben will, kann er welchen kriegen."

„Keiner will hier Ärger haben, Kevin. Ihr könnt Euer Bier doch auch woanders trinken."

Triple K war auf Krawall gebürstet und nicht bereit, zu gehen.

„Für dich bin ich Triple K, verstanden und jetzt hau ab, bevor ich was tue, was dir Leid tut."

Uhlmann wusste, dass man mit Betrunkenen nicht vernünftig reden konnte. Die waren unberechenbar. Außerdem waren die zu fünft und sie war allein. Sie hatte zwar keine Angst, würde es aber trotzdem nicht auf eine direkte Konfrontation ankommen lassen.

Uhlmann trat einen Schritt zurück, um Kevin besser im Blick zu haben.

„Und was jetzt, Tussi? Willste die Bullen rufen?", kam es von Ingo, der wieder auf dem Bordstein saß.

„Wozu? Die Polizei ist schon da", antwortete Uhlmann.

Der Alkohol hinderte die Jungs daran, den Sinn dieser Bemerkung sofort zu verstehen, also holte Uhlmann ihren Dienstausweis heraus. Ingo reagierte als Erster.

„Die is bei der Bullerei? Alter Falter, die nehmen wohl jetzt auch schon jeden?"

„Halt die Schnauze, Ingo", wurde er von Triple K

angeraunzt.

Eule Uhlmann war mit ihm in eine Klasse gegangen, jedenfalls zeitweise. In seiner verqueren Vorstellung hatte nur er das absolute Vorrecht, sie zu beleidigen. Und schon ging's los.

„Was machsten bei den Bullen, Eule? Biste Tippse oder Streifenhörnchen?"

„Ich bin Kriminaltechnikerin, steht hier drauf. Lesen kannst du doch, oder?"

Leicht schwankend beugte sich Triple K vor. Dann begann er leise vor sich hin zu kichern. Er riss die Hände nach oben, als würde er sich ergeben und lallte.

„Und was kommt jetzt? Willste unsere Fingerabdrücke nehmen?"

„Nicht nötig, die haben wir schon", war die Antwort.

„Was'n, die is gar kein Bulle?", fragte Ingo grinsend.

„Ne Alter, die is beim CSI", gab Triple K zurück.

„Wat für'n CSI, Alter?"

„CSI Texas!"

Sie fanden das ungeheuer witzig und brüllten vor Lachen.

„Das heißt bei uns nicht CSI, Kevin. Du guckst zu viele amerikanische Serien." Langsam wurde es Uhlmann zu blöd.

„Ach ja richtig", antwortete Triple K, so als würde er sich entschuldigen wollen.

„Ihr seid ja die Spurensicherung. Ich guck auch Tatort." Dann drehte er sich zu den Jungs um und legte noch mal nach. „Darf ich vorstellen, die Susi von der Spusi!" Brüllendes Gelächter war die Reaktion.

Uhlmann hatte genug. Es war zwecklos, mit den betrunkenen

Idioten zu diskutieren. Der Filialleiter sollte lieber die Kollegen vom Streifendienst anrufen.

Ohne sich nochmal umzudrehen, ging sie zu ihrem Golf und fuhr vom Parkplatz, immer noch das höhnische Lachen der Gang im Ohr.

Ihre Wut im Bauch wurde noch größer, als sie am nächsten Morgen zu ihrem Wagen kam. Die Beifahrertür zierte eine Delle, weil jemand mit voller Wucht dagegengetreten hatte. Schlimmer noch sah aber die Fahrertür aus. Mit großen Buchstaben war *CSI Texas* in den Lack gekratzt worden.

Ihr Auto stand nicht mal zehn Minuten auf dem Parkplatz am Revier und schon wusste es so gut wie jeder. Ihr Vorgesetzter, Kriminalobermeister Linke, fragte, ob sie eine Anzeige machen wollte. Sie verneinte. Auch wenn sie genau wusste, wer dafür verantwortlich war, es würde doch nichts bringen. Die Kerle würden sich gegenseitig ein Alibi geben und Fingerabdrücke hatten die sicher nicht hinterlassen, nur den Fußabdruck. Leider musste ihr Chef ihr zustimmen. Trotzdem wurmte es ihn immer wieder, wenn Kollegen ungestraft angefeindet wurden.

Ohne Uhlmann etwas davon zu sagen, redete er mit den Kollegen Peter und Kloss, die im Gebiet Nordwest Streife fuhren und sie versprachen, sich die Bande mal vorzunehmen. Kevin Krone und seine Kumpane waren keine unbeschriebenen Blätter. Es gab schon einige Anzeigen wegen Ruhestörung, Hausfriedensbruch und Sachbeschädigung. Irgendwann würden sie dafür auch Verurteilungen kassieren, aber die Mühlen von Justitia mahlten sehr, sehr langsam.

Sie standen auch in Verdacht, Einbrüche verübt zu haben.

Bisher konnte ihnen aber nie etwas nachgewiesen werden.

Die Sachbeschädigung an Uhlmanns Auto stritten sie natürlich ab und genau wie schon vermutet, gaben sie sich gegenseitig Alibis für die Tatnacht.

Als die Polizisten weg waren, zog die Gang in die Garage, nicht ohne vorher noch genügend Bier zu besorgen.

Triple K war angepisst, weil die Eule sie angeschwärzt hatte, aber er war klug genug, es erstmal auf sich beruhen zu lassen. Er würde sich irgendwie anders abreagieren müssen und schon beim zweiten Bier kam ihm eine Idee.

Heute Nacht wollte er mal wieder auf Tour gehen. Mitnehmen würde er nur Ingo und Buster, der Rest der Gang war zu sowas nicht zu gebrauchen. Er schickte die Looser vom Hof und besprach mit seinen Spezis den Plan.

Zunächst brauchten sie Infos und die gabs bei Hotte. Um diese Zeit würden sie ihn sicher in der *Scharfen Ecke*, seiner Stammkneipe finden.

Hotte, der seinen Spitznamen wegen der auffallenden Form seines Gebisses trug, saß in seiner Ecke und lauerte wie die Spinne auf Beute. Hatte einer angebissen, begann das Feilschen um den Preis, denn auch wenn er der Mann war, der genau wusste, was im Viertel abging und wo es was zu holen gab, seine Infos gab es nicht umsonst. Schließlich war er Geschäftsmann und kein Wohlfahrtsverein.

Da Triple K keine Kohle hatte, versprach er Hotte 25 Prozent vom Erlös der Beute.

„Na dann wollen wir mal ein wirklich lohnendes Objekt aussuchen", war Hottes Reaktion auf Triple K's Versprechen. Er kritzelte eine Adresse auf einen Bierdeckel:

Waldmeisterstraße, Marschner.

„Die Leute sind im Urlaub auf Lanzarote, seit 4 Tagen. Wegen der Katze ist auf der Rückseite ein Kellerfenster offen und sie haben keine Alarmanlage. Dem Besitzer gehören ein paar Sonnenstudios, Frisörgeschäfte und sowas. Da is bestimmt Kohle im Haus."

Triple K nickte verstehend. Als er sich erheben wollte, griff Hotte nach seinem Arm.

„Bescheiß mich nicht Junge! Und lasst die Katze in Ruhe, sonst gibt's Ärger."

„Alles klar, Hotte."

Jeder, der mit Hotte zu tun hatte, wusste, dass man seine Anweisungen lieber befolgte und Triple K war da keine Ausnahme.

Zurück in der Garage, besprach sich das Trio. Der Plan war einfach: Warten bis alles ruhig war, rein durchs Kellerfenster, Geld finden und wieder raus.

So hatten sie es schon ein paar Mal gemacht und nie war ihnen jemand auf die Schliche gekommen. Vielleicht lag das ja daran, dass sie sich eisern an ihren Kodex, nur Bares ist Wahres, hielten. Mit Schmuck und Technik konnten sie nichts anfangen. Erstens wussten sie gar nicht, an wen sie das verticken sollten und zweitens konnte die Polizei, wenn etwas von der Sore auftauchte, schnell feststellen, durch wessen Hände das Zeug gewandert war. Geld dagegen wurde ausgegeben und weg war es.

Triple K war zufrieden mit sich und dem Plan. Jetzt musste er nur noch seine Kumpels vom Weitersaufen abhalten.

Gegen 2:00 Uhr machten sie sich auf den Weg, zu Fuß und ohne Gepäck. Hinter der Waldmeisterstraße verlief der Kleegraben, der gerade kaum Wasser führte. Über ihn näherten sich die drei dem Grundstück.

Vorn und an den Seiten war es eingezäunt, hinten wuchsen nur ein paar Büsche auf der Grundstücksgrenze. Die Leute waren wirklich sehr vertrauensselig. Sie waren quasi selber schuld, wenn bei ihnen jemand einstieg.

Alle Häuser lagen im Dunklen und der Himmel war bewölkt.

Schnell fanden sie das Kellerfenster. Es war wirklich offen. An allen anderen Fenstern waren die Rollos herabgelassen worden.

Buster war der schmächtigste von ihnen. Er stieg durch das Fenster ein und öffnete den anderen die Terrassentür. Sie ließen das Rollo wieder herab und schalteten die Taschenlampen an.

„Scheiße, das stinkt abartig" gab Buster leise von sich. „Das Katzenvieh pisst wohl lieber drin, als im Garten."

„Hab dich nicht so, hast schon schlimmer gerochen." Triple K ging das Gejammer auf die Nerven. „Habt ihr Handschuhe an?"

Buster und Ingo nickten synchron. „Okay dann los. Ihr wisst ja, was zu tun ist. Und bau keinen Scheiß, Ingo." Der Angesprochene verzog das Gesicht. Wieso hackte Kev immer auf ihm herum?

Während Buster in die Küche ging, suchte Ingo im Arbeitszimmer nach Verstecken und Triple K nahm sich das Wohnzimmer vor. Er fand eine Kassette, in der sogar der

Schlüssel steckte. „Danke, Ihr Dummies", murmelte er leise beim Öffnen.

Na bitte, da war das Geld.

Die anderen hatten, außer ein paar Münzen Wechselgeld, nichts gefunden. Jetzt ging's noch ins Obergeschoss. Schlafzimmer wurden auch sehr gern genutzt, um Geld zu verstecken.

Schon auf der Treppe fing Buster wieder an zu maulen.

„Echt mal. Das Mistvieh sollte man von seinem Leid erlösen."

„Dich sollte man erlösen", antwortete Ingo. „Das riecht nich nach Katze."

„Woher willst du denn das wissen?"

„Meine Oma hat zwei davon in der Bude. Ich weiß, wie das riecht."

Jetzt schaltete sich Triple K ein. Auch ihm war nicht entgangen, dass der Gestank immer stärker wurde.

„Klappe, das is was anderes."

Oben gab es drei Türen, zwei standen offen. Eine zum Bad und eine zum Gästezimmer. Die dritte, geschlossene Tür musste die zum Schlafzimmer sein. Mit einem unguten Gefühl betätigte Triple K die Klinke.

„Kev, lass uns abhauen", raunte Ingo. „Wir haben doch Kohle gefunden."

„Das sind nur ein paar hundert Euronen und Hotte kriegt auch noch was davon. Das reicht mir nicht."

Er stieß die Tür auf und der Lichtschein der Lampe fiel ins Zimmer.

„Scheiße!", stieß Buster hervor und schlug Triple K auf

die Schulter. Der stand einfach nur da und japste nach Luft. Ingo, der ganz hinten stand, wollte sehen was los war und drängelte sich an ihnen vorbei. Bevor einer seiner Kumpels ihn daran hindern konnte, stand er schon neben dem Bett und starrte auf zwei blutüberströmte Leichen.

Das Blut war auf dem Bett und davor. Die Wand hinter dem Bett war mit einem chaotischen Spritzmuster überzogen.

Langsam drangen die schaurigen Einzelheiten in ihr Bewusstsein, die glasigen Augen, die Verfärbung der Haut, die aufgedunsenen Körper und die Messer, die jemand den Toten tief in die Brust gerammt hatte.

Die Zeit schien still zu stehen.

Buster war der Erste, der reagierte und die Flucht antrat. Jetzt erwachte auch Triple K aus seiner Starre, packte Ingo am Kragen und zerrte ihn mit sich fort. Es war ein höllisches Tempo, das sie anschlugen. Doch so schnell sie auch liefen, das Gefühl, den Atem des Mörders im Nacken zu spüren, wurden sie nicht los.

Das Gepolter, welches sie auf ihrer Flucht verursachten, weckte einen Nachbarn und zehn Minuten später traf ein Streifenwagen in der Waldmeisterstraße ein. Die Beamten entdeckten zuerst das hochgezogene Rollo und die offene Terassentür. Der Geruch führte sie schnell zu den Leichen. In diesem Moment wurde aus dem Einbruch ein Fall für die Mordkommission.

Erst traf die Kriminaltechnik ein und kurz danach Hauptkommissar Winkler. Er sah sich nur kurz den Tatort an und überließ dann den anderen das Feld.

Auf den ersten Blick sah es für ihn ganz danach aus,

als wäre jemand beim Einbruch von den Toten überrascht worden. Er begann, sich Notizen zu machen und wartete auf erste Ergebnisse.

Der Rechtsmediziner war mit der Leichenschau durch. Die Marschners waren mindestens schon seit vier Tagen tot. Genaueres gab es nach der Obduktion.

Winkler machte sich den Spaß und fragte nach der Todesursache. Dr. Mark sah ihn mit einem mitleidigen Blick an und meinte nur: „Sie sind jedenfalls nicht erschossen worden."

„Wo ist denn Ihr Sinn für Humor heute, Doc?"

„Der liegt im Kühlraum."

Winkler sah ihm schmunzelnd nach. Dann grübelte er weiter. Es gab den Doppelmord und es gab einen Einbruch.

Wer immer auch heute bei den Marschners eingestiegen war, er hatte nichts mit dem Mord zu tun. Der Einbruch war heute Nacht erfolgt, der Mord schon vor Tagen. Sein Entschluss stand fest, um den Einbruch mussten sich andere kümmern.

Und die Gewinner waren Polizeiobermeister Peter und Kloss, Texas war schließlich ihr Revier. Sie hatten gerade die frohe Botschaft entgegengenommen, als Uhlmann aufgeregt angelaufen kam.

„Ich glaube, ich weiß, wer die nächtlichen Besucher waren", rief sie schon von weitem.

Sie hielt den Beamten ein Bild vom Wohnzimmerfußboden entgegen. Darauf war eine Spur von blutigen Schuhabdrücken zu sehen, die von der Treppe zur Terrassentür führen. Das Bild landete auf der Motorhaube des Streifenwagens. Dann legte sie eine Großaufnahme von einem einzelnen

Schuhabdruck daneben.

„Dieser Abdruck sieht genauso aus, wie der auf meiner Beifahrertür. Das waren Kevin Krone und seine Kumpane, garantiert."

Sie holte die Vergleichsprobe vom Auto heraus. Die Übereinstimmung war eindeutig.

„Na dann wollen wir uns mal mit den Jungs unterhalten." Mit diesen Worten machten sich Peter und Kloss auf die Suche nach der Gang.

Die hatten sich in ihre Garage verkrochen. Der Schreck saß ihnen noch in den Knochen, trotzdem gaben sie sich cool und maulfaul, als die Polizisten auftauchten und Fragen stellten.

Natürlich hatten sie nichts mit irgendeinem Einbruch zu tun. Sie hatten die ganze Nacht in der Garage gezockt und mehr nicht. Was die Bullen nur immer von ihnen wollten. Das mit dem Auto von Uhlmann waren sie auch nicht gewesen. Sie wären doch keine Kriminellen usw.

Eine Überprüfung der Schuhe ergab leider auch nichts. Ingo hatte das Blut an seinen Schuhsohlen bemerkt und sie noch auf der Flucht in einen Müllcontainer geworfen.

Wieder waren die Beamten erfolglos und die ratlosen Gesichter der beiden gaben Triple K ein Gefühl der Überlegenheit.

„Was is denn eigentlich los? Hat irgendwer an Uhlmanns Karre gepinkelt?"

Kloss sah seinen Partner an und gab ihm ein verstecktes Zeichen, das da hieß: Lass mich mal was probieren. Peter nickte leicht.

Kloss ging auf die Jungs zu und tat plötzlich verschwörersch.

„Ich bin froh, dass Ihr mit dem Einbruch nichts zu tun habt. Wer immer das war, er hat jetzt ein Riesenproblem."

Triple K horchte auf. „Und wieso? War doch nur ein Einbruch."

Die Bullen wollten ihn wohl austricksen. Sie hatten nichts von den Toten gesagt und hofften wohl, dass sie sich verquatschten. Aber nicht mit ihm.

Kloss legte den Arm um Triple K, bevor er weiterredete.

„Die beiden Bewohner wurden ermordet, nein eher brutal abgeschlachtet."

„Was? Und Sie haben gedacht, wir waren das?"

Die gespielte Entrüstung würde Triple K bestimmt keinen Oscar einbringen.

„Nein. Wir wissen wer das war. Er heißt Goran Visnic, genannt das Messer, arbeitet als Auftragsmörder für die Albaner und die Russen."

Triple K sah Kloss ungläubig an.

„Sie verarschen uns doch. Das kann doch nur ein Witz sein. Ein albanischer Auftragsmörder bei uns?"

„Ganz und gar nicht. Mit sowas macht man keine Witze. Der Kerl ist gefährlich. Er ist ein Psychopath und hat die Angewohnheit, immer wieder zum Tatort zurückzukommen, um sein Werk zu bewundern. Der Einbrecher hat ihn dabei wahrscheinlich gestört und das wird er nicht ungestraft lassen."

Die Augen angstgeweitet, sahen sich die drei Jungs an. Ingo setzte an, etwas zu sagen, doch Triple K's Blick hielt ihn davon ab.

Kloss ließ ihn los und seine Stimme nahm wieder den normalen Tonfall an.

Im Weggehen rief er den verdatterten Jungs zu: „Aber Ihr seid es ja nicht gewesen, also kann Euch auch nichts passieren. Aber haltet trotzdem die Augen auf. Sein Markenzeichen sind große Messer."

Im Auto hielt Peter es nicht mehr aus.

„Hast Du wirklich gedacht, dass die anfangen zu reden, wenn Du ihnen ein Schauermärchen erzählst?"

Kloss lächelte nur. „Abwarten Peter, noch sind sie Goran, dem Messer, nicht begegnet." Er sah Peter an und sein Lächeln sah auf einmal ziemlich diabolisch aus.

An diesem Tag gingen Triple K, Ingo und Buster schon vor dem Dunkelwerden nach Hause. Natürlich nur, weil sie müde waren, was denn sonst.

Am nächsten Tag trafen sie sich am Supermarkt, versorgten sich mit Bier und Zigaretten und trabten zur Garage.

Als sie die Tür öffneten, blieben sie wie angewurzelt stehen.

Von der Decke baumelten an dünnen Schnüren mindestens drei Dutzend der verschiedensten Messer herab. Durch den Luftzug schlugen ein paar von ihnen gegeneinander und gaben ein leises Klingen von sich. In mitten dieser Horrorszenerie baumelte Ingos Schuh mit der blutigen Sohle.

Die Jungs waren zu Salzsäulen erstarrt, aber nur einen Augenblick. Dann wandten sie sich gleichzeitig um und liefen schreiend davon.

Kaum waren sie verschwunden, tauchten Peter und Kloss

hinter den Garagen auf und lachten aus vollem Hals.

„Was glaubst Du, wo die so schnell hinwollen?", fragte Peter schließlich.

Kloss zuckte mit den Schultern. „Wer weiß? Aber so

schnell wie die sind, holen wir sie bestimmt nicht ein."

„Und wir haben uns solche Mühe gegeben, die Schuhe aus dem Müllcontainer zu holen", warf Peter ein.

„Komm, lass uns aufräumen. Das Labor will die Vergleichsmesser wiederhaben."

Eine halbe Stunde später saßen Kevin Krone, Ingo Schubert und Bastian Hellerberg auf der Wache und gestanden nicht nur den Einbruch der vorletzten Nacht, sondern auch noch fünf andere Einbrüche. Komisch war nur, dass sie immer wieder darum baten, gleich in Haft genommen zu werden.

Auf die Frage wieso, antworteten alle dasselbe: sie wären nur dort vor Goran, dem Messer, sicher.

Planung eines Verbrechens

Manchmal kann man noch so gut planen, die Realität holt einen doch ein. Das mussten diese Nachwuchseinbrecher schmerzlich erfahren. Eine scheinbar günstige Gelegenheit entpuppte sich plötzlich als böse Falle.

Darum darf man sich nicht nur auf dem Plan A ausruhen, wenn man den großen Coup landen will. Ein Plan B und vielleicht sogar ein Plan C können nie schaden.

Denken Sie an Murphys Gesetz: *Alles was schief gehen kann, geht auch schief.*

Das ist Ihnen zu kompliziert?

Dann sollten Sie lieber nicht zum Einbrecher werden.

In fremde Häuser steigen, kann auch ohne Überraschungsleichen dazu führen, dass Sie sich anschließend in therapeutische Behandlung begeben müssen und was da alles passieren kann…! Aber dazu später.

Die Morde der Herrn XYZ

Sylvie Braesi

Mit zitternden Händen öffnete sie den Brief. Eine Antwort per Brief hatte sie noch nie erhalten. Manchmal kamen E-Mails, meist gab es aber gar keine Reaktion. Das war so frustrierend. Wie gern hätte sie diesen Leuten mal richtig die Meinung gesagt, aber das war leider unmöglich. Bevor man mit einem Verantwortlichen sprechen konnte, wurde man von der Sekretärin abgewimmelt.

Nach einem tiefen Atemzug faltete sie das Blatt Papier auseinander und begann zu lesen. Schon nach den ersten Zeilen verschwammen die Buchstaben vor ihren Augen. Sie konnte nicht mehr weiterlesen. Wozu auch, sie wusste ohnehin schon, was drinstand.

...bedauern wir, Ihnen mitteilen zu müssen, bla, bla, bla.

Und wieder war eine Hoffnung zerplatzt.

Sie warf den Brief in den Papierkorb. Wenn sie nur wüsste, wieso kein Verlag Interesse an ihrem Buch hatte. Es war gut, es war spannend und erst die ganze Arbeit, die darin steckte. Aber das interessierte ja keinen.

Unzählige Exposés hatte sie verschickt, ohne Erfolg. Aber einen Versuch würde sie noch machen.

Jemand hatte ihr empfohlen, es doch mal mit einem kleineren Verlag zu versuchen. Warum eigentlich nicht?

Im Internet stieß sie schnell auf ein paar Kandidaten hier aus der Region, einer davon sogar in Magdeburg. Sie sah sich die Website an. Der Name, West-Minster Verlag, erschien ihr wie ein gutes Omen. Das klang so englisch und das gefiel ihr. Schließlich waren ein paar der besten Krimidetektive in England erschaffen worden.

Das Wichtigste aber war der Hinweis, dass man auch neuen Autoren gern eine Chance gab.

Sie griff nach dem Telefon und legte es wieder weg. Nein, anrufen war keine gute Idee. Da wurde man schnell mit dem Satz: „Schicken Sie uns doch ihr Exposé" abgefertigt und dass war's.

Ihr Entschluss stand fest, sie würde persönlich vorsprechen.

Der West-Minster Verlag hatte sein Büro in der Hegelstraße. Das war eine gute und vor allem teure Lage, mitten in der City, mit Sicht auf den Dom. Beeindruckend!

Mit dem Fahrstuhl fuhr sie bis in die oberste Etage und wurde dort von einer jungen und hübschen Frau mit einem Lächeln empfangen.

Ein wenig eingeschüchtert von der edlen Einrichtung reichte sie der Empfangskraft ihre Visitenkarte und bat um ein Gespräch mit dem Geschäftsführer.

Die junge Frau verschwand durch eine große, holzgetäfelte Tür.

Schon nach ein paar Augenblicken erschien sie wieder und bat die Besucherin herein.

Jetzt begann ihr Herz wie wild zu pochen.

In dem angrenzenden Raum kam ihr ein Mann entgegen, der sich als Benjamin West vorstellte und sie bat, Platz zunehmen.

Nach der typischen Frage: „Was kann ich für Sie tun?", überließ er ihr das Wort.

Sie begann mit ihrem kleinen Vortrag, den sie schon so oft in Gedanken durchgegangen war. Sie stellte erst sich und dann ihr Buch vor und überreichte Herrn West zu guter Letzt das Exposé.

Der Mann hatte mit sichtlichem Erstaunen zugehört. Nachdem sie geendet hatte, sah er sie noch eine Weile an, sagte aber nichts. Er begann in dem Exposé zu blättern, so als würde er es lesen. Eigentlich suchte er aber nur nach den richtigen Worten, um der Frau auf höfliche Weise zu sagen, dass sie ihn mal konnte.

Schließlich gab er auf. Hier würde kein noch so schonendes Vorgehen helfen. Also würde er es kurz und knapp halten.

„Frau Tahegia", setzte er an, wurde aber gleich von ihr unterbrochen.

„Das ist natürlich nur mein Autorenname."

„Natürlich", gab er zurück. Dachte die Frau wirklich, dass ihm das nicht schon selbst klar geworden war?

„Ich denke nicht, dass unser Verlag der Richtige für Ihr Buch ist. Tut mir leid."

Er reicht ihr das Exposé, in der Hoffnung, dass sie gehen würde. Doch dem war nicht so.

„Wieso nicht? Sie verlegen doch Krimis und Thriller. Auf ihrer Website steht, dass Sie auch neue Autoren aufnehmen, besonders gern welche, die aus unserer Region kommen. Ich bin aus Magdeburg, mein Krimi spielt in Deutschland und ich will eine Chance."

Oh Mann, die war ja echt nervig. Nadine musste wirklich mehr darauf achten, wen sie zu ihm durchwinkte.

„Ihr Buch passt leider nicht in unser Programm."

Jetzt hielt ihm die Nervensäge doch tatsächlich das Exposé wieder vor die Nase.

„Woher wollen Sie das wissen? Sie haben das Exposé ja nicht mal richtig gelesen!"

Ihre anfänglich ruhige Stimme war laut und schrill geworden.

Also ankeifen lassen musste er sich nicht, nicht von dieser Möchtegernschriftstellerin. Der letzte Rest von Höflichkeit war verflogen.

„Jetzt hören Sie mir mal gut zu, Frau Ta-he-gi-a. Ich brauch nur den Titel zu lesen, um zu wissen, was Sache ist. *Die Morde des Herrn XYZ*? Ist das Ihr Ernst?"

Er griff sich das Exposé, schlug eine Seite auf und zitierte: „Xavier Xierundel aus Xanten, Ysidora Ysander aus Yach und Zacharias Zack aus Zwickau? Jeder Krimi Fan kennt das Original. Nur weil Sie ein paar Namen geändert haben und das ganze hier in Deutschland spielen lassen, wird es kein neuer Krimi und ein besserer schon gar nicht. Und dann Ihr Name, Christa Tahegia, ist nur ein Anagramm für Agatha Christie. Also das setzt dem Ganzen wirklich die Krone auf."

„Der Name ist eine Hommage!", schleuderte sie ihm entgegen. „Und das Buch ist eine Adaption."

Herr West fing an zu lachen, erst leise und dann immer lauter. „Das ist doch keine Adaption. Sie haben einfach nur abgeschrieben!"

Er konnte sich kaum halten vor Lachen.

Das war zu viel für sie. Die Tränen schossen ihr in die Augen. Das sollte dieser eingebildete Schnösel natürlich nicht sehen und so stürmte sie hinaus. Bis in den Fahrstuhl verfolgte sie sein Gelächter.

West lehnte sich zurück und holte ein paar Mal tief Luft, um sich wieder zu beruhigen.

„Was war das denn?", hörte er seinen Partner, Steffan Minster von der Tür aus fragen.

West hielt ihm das Exposé entgegen. „Das glaubst du mir sowieso nicht. Lies das und du fällst um. Mir sind ja schon einige schräge Vögel aus unserer Branche begegnet, aber die Tante war die Krönung. Ich hab wirklich lange nicht mehr so gelacht."

Minster warf einen Blick auf die Mappe, schüttelte ungläubig den Kopf und wollte sie West zurückgeben. Dann überlegte er es sich und murmelte im Hinausgehen:

„Scheint ja sehr unterhaltsam zu sein, die Story. Ist vielleicht was für unsere neue Humorsparte."

Mit ungläubigem Blick sah West ihm nach. Wollte Minster etwa wirklich den Stuss lesen? Na ihm war's egal, er hatte Wichtigeres zu tun.

Als er wieder aufblickte, war es schon dunkel draußen. Er sah sich um. Nadine und Minster waren wohl schon gegangen, er war wie so oft der Letzte. Während er die Tür zum Büro verschloss, ließ er schon den Fahrstuhl nach oben kommen. Das Schloss hakte mal wieder und er war noch damit beschäftigt, als die Fahrstuhltür sich öffnete.

„Verdammter Mist", murmelte er. Dann traf ihn der erste Schlag.

West ging sofort zu Boden. Eine Gestalt beugte sich vor und eine behandschuhte Hand überprüfte seinen Puls. Er war schwach, aber noch da. Zwei weitere Schläge besiegelten West's Schicksal.

Die Gestalt schloss die Tür wieder auf und lief gezielt in West's Büro. Als sie nicht fand, was sie suchte, fegte sie mit einer Bewegung alles, was auf dem Schreibtisch lag, auf den Boden. Es musste doch hier sein!

Im Büro gegenüber fand die Gestalt endlich das Gesuchte und steckte es ein. Geschafft!

Vorsichtig, um nicht in die Blutlache zu treten, stieg sie über den Toten. Schnell wollte die Gestalt noch die Tür verschließen, doch der Schlüssel hakte. Durch das Geruckele kam die Beute ins Rutschen und fiel auf den Boden. Nun war zwar Blut dran, aber es sollte ja sowieso verschwinden. Die Gestalt ließ die Tür, wie sie war und stieg in den Fahrstuhl. Mit einem leisen Surren fuhr die Kabine nach unten.

Als Minster am anderen Morgen im Büro ankam, herrschte dort das reinste Chaos.

Auf der Straße standen Polizeiautos und ein Wagen der Spurensicherung. Sein erster Gedanke war Einbruch.

Schon vor dem Fahrstuhl empfing ihn ein Polizeiobermeister Rademacher und führte ihn, nach der Feststellung seiner Personalien, über die Treppe nach oben. Jetzt wurde Minster mulmig. Offenbar war bei ihnen eingebrochen worden. Aber was wollte ein Dieb in ihrem Büro.

Da gab es kein Geld und keine Wertgegenstände. Selbst die Laptops machten nicht viel her. Trotzdem, ein

Einbruch war schlimm.

Wie schlimm es wirklich war, wurde ihm erst klar, als er den Umriss und das Blut auf dem Boden vor der Tür zum Büro sah.

„Kommissar, er ist hier", rief Rademacher in Richtung des Büros.

„Kann reinkommen. Spusi ist fertig." Die Stimme gehörte Hauptkommissar Winkler. Rademacher führte Minster an Blut und Umriss vorbei.

„Vorsicht, nicht reintreten!"

Das hatte er bestimmt nicht vor. Ihn quälte die Frage, von wem der Umriss war. Als er Nadine heulend auf einem Stuhl sitzen sah, war er zunächst erleichtert.

„Oh Gott sei Dank, Nadine, dir ist nichts passiert."

„Es ist Benjamin" gab sie unter heftigem Schluchzen mühsam von sich. „Er ist tot."

Minster legte den Arm um sie und fragte bang: „Hast du ihn gefunden?"

Nadine nickte, sprechen konnte sie nicht.

Jetzt kam ein Mann aus West's Büro auf ihn zu.

„Herr Minster, ich bin Hauptkommissar Winkler von der Mordkommission. Ich muss Ihnen ein paar Fragen stellen. Vielleicht gehen wir besser in Ihr Büro."

Minster ging voraus, Winkler und eine Polizistin folgten ihm.

„Das ist Polizeiobermeisterin Grabovski. Sie wird Ihre Aussage notieren."

Winkler wartete nicht auf eine Reaktion, sondern kam gleich zur Sache.

„Wie Sie ja schon wissen, wurde Ihr Partner, Benjamin West heute früh von Nadine Schumann vor dem Büro tot aufgefunden. Wann haben Sie gestern das Büro verlassen und was haben Sie seitdem gemacht?"

„Ich bin um 17:00 Uhr gegangen. Ben und Nadine waren noch da. Ich fuhr nach Hause, hab mich umgezogen und bin zu einer Buchlesung im Klostercafé gegangen. Die ging um 18:00 Uhr los und dauerte etwa eine Stunde. Nach der anschließenden Signierstunde bin ich mit dem Autor essen gegangen. Wir waren bis 22:30 Uhr im *La Bodega*, auf dem Breiten Weg. Um 23:00 Uhr war ich zuhause, bin ins Bett gegangen und um 6:00 Uhr wieder aufgestanden."

Minsters Antworten kamen zügig und klangen nicht einstudiert. Trotzdem fragte Winkler: „Kann das jemand bestätigen?"

„Meine Frau, der Autor, ein paar Leute vom Literaturclub und der Kellner im Restaurant."

Winkler würde das überprüfen lassen, aber wenn seine Angaben stimmten und sich der vorläufige Todeszeitpunkt bestätigte, war Minster aus dem Schneider.

Der Rechtsmediziner, Dr. Mark hatte den Todeszeitpunkt zwischen 19:00 und 22:00 Uhr angesetzt, allerdings nur sehr widerstrebend. Er mochte es nicht, wenn er gedrängt wurde.

Seine erst Antwort auf Winklers Nachfrage war entsprechend grantig ausgefallen.

„Sehen Sie doch nach, wann die Armbanduhr stehen geblieben ist." Er war wohl kein Freund von Krimiserien.

Winkler wandte sich wieder Minster zu.

„Hatte West Feinde oder war jemand so wütend auf Ihren

Partner, dass er ihn umbringen wollte?"

Minster war zu geschockt, um einen klaren Gedanken zu fassen.

„Ich weiß nicht Herr Kommissar. Es gab schon mal Streit um ein paar Änderungen in Manuskripten, aber nichts Ernstes. Unsere Autoren töten nur auf dem Papier, nicht in der Wirklichkeit."

Minster hob die Papiere vom Boden auf und legte sie auf den Schreibtisch. Winkler fiel auf, dass er plötzlich stutzte.

„Fehlt was?", fragte er.

„Ja", antwortete Minster und lief in West's Büro, ohne dass Winkler ihn aufhalten konnte. Bloß gut, dass hier schon alles untersucht worden war.

Nach kurzem Umsehen rief Minster verwirrt: „Es ist weg!"

„Was ist weg?"

„Das Exposé."

Minster erzählte Winkler die Geschichte, die sich gestern abgespielt hatte. Die Frau war wirklich sehr aufgeregt gewesen, aber deshalb morden? Zum Schluss erwähnte er noch, dass er heute vorgehabt hatte, mit seinem Partner über das Exposé zu sprechen. Das war ja nun nicht mehr möglich.

Winkler überlegte. Konnte es sein, dass die Frau die Ablehnung ihres Buches wütend genug gemacht hatte, um einen Mord zu begehen?

Die Antwort war klar. Ja. Hass war ein starkes Motiv. Sprechen musste er auf jeden Fall mit ihr, warum nicht gleich.

Nadine hatte die Visitenkarte aufgehoben und konnte ihm die Adresse geben. Minster bat ihn um einen Gefallen, als er sich verabschiedete. Er sollte der Frau einen Brief übergeben. Er war zwar kein Postbote, aber egal.

Sie hatte die ganze Nacht nicht geschlafen. Immer wieder waren ihre Gedanken zurück zum gestrigen Tag und den Geschehnissen in der Hegelstraße zurückgeschweift. Dieser unfassbar grausame Mensch hatte sie ausgelacht, gedemütigt und beleidigt. Kein Wunder, dass sie die Kontrolle verloren hatte. Der Kerl war eindeutig selbst schuld an dem, was passiert war. Aber nun würde er nie wieder jemandem so etwas antun können.

Und was ihr Buch betraf, da hatte sie auch schon einen Entschluss gefasst. Sie würde es als Selfpublisher über einen Verlag herausbringen. Wieso sie nicht gleich darauf gekommen war?

Es klingelte an der Tür. So früh erwartete sie eigentlich niemanden. Der Besucher war ein Mann. Er stellte sich als Hauptkommissar Winkler vor und wollte einen Brief vom West-Minster Verlag übergeben.

Na klar doch, damit war zu rechnen gewesen. Man hatte sicher die Leiche gefunden und von ihrem gestrigen Besuch erfahren. Aber was sollte das mit dem Brief?

Sie bat den Mann herein und fragte: „Seit wann überbringt die Polizei denn Briefe?"

Winkler lachte zwar, registrierte aber eine gewisse Nervosität.

„Eigentlich bin ich hier, weil ich ein paar Fragen an Sie habe, wegen Ihres gestrigen Besuches beim West-Minster Verlag."

„Schon gut, Herr Kommissar. Ich gebe zu, dass das

Gespräch gestern etwas hitzig verlaufen ist. Aber deshalb muss sich doch nicht gleich die Polizei einschalten."

„Vielleicht nicht deshalb, aber bei Mord bestimmt." Winkler ließ keinen Blick von der Frau, doch da war keine Regung in ihrem Gesicht zu sehen.

„Mord?", fragte sie leise.

„Herr West wurde ermordet, der Mann, mit dem Sie sich gestern gestritten haben."

Sie fuhr mit ihrer Hand an den Mund, was eine Geste des Erschreckens sein sollte, doch ihre Augen zeigten diesen Schreck nicht. Das bemerkte Winkler natürlich.

„Er wurde ermordet? Das ist ja schrecklich." Ihre Stimme zitterte.

Es war wohl besser, sie gleich nach dem Alibi zu fragen. „Wo waren Sie gestern Abend zwischen 19:00 und 22:00 Uhr?"

„Sie denken doch nicht, dass ich etwas damit zu tun habe?", rief sie entrüstet.

Vielleicht war die Frau eine gute Schriftstellerin, eine gute Schauspielerin jedenfalls nicht, das war Winklers Fazit.

„Würden Sie bitte meine Frage beantworten."

„Ich war hier, zuhause, allein, hab ferngesehen."

„Das kann dann also niemand bestätigen?"

„Nein, leider nicht."

Tja ihr Alibi war dünn, aber das war oft so und musste nichts besagen. Hier war er wohl fertig. Beim Rausgehen fiel sein Blick auf den Brief, den sie achtlos auf den Tisch gelegt hatte.

„Wollen Sie den Brief nicht aufmachen? Hörte sich

dringend an."

Widerwillig nahm sie ihn und riss das Couvert auf.

Nach dem Lesen zeigte ihre Miene echtes Erstaunen. Sie traute ihren Augen kaum, aber da stand es schwarz auf weiß.

„Die wollen mein Buch veröffentlichen!"

„Das hab ich auch gehört", antwortete Winkler und griff nach einer Mappe, die unter dem Brief gelegen hatte.

„Es gibt da nur ein kleines Problem. Man vermisst Ihr Exposé. Ist es vielleicht das hier?"

Winkler hielt ihr die Mappe, mit der blutigen Seite nach oben, entgegen. Der Brief glitt ihr aus der Hand, als sie nach der Mappe griff, kaum wahrnehmend, was der Kommissar noch sagte.

„Sie hätten es besser dort lassen sollen, wo es war."

A-li-bi, das

(Substantiv, Neutrum)
Nachweis der Abwesenheit vom Tatort zur Tatzeit
Ausrede, Entschuldigung, Rechtfertigung

Wenn die Freunde der italienischen Oper im Film „Manche mögen's heiß" behaupten, sie wären alle bei Rigoletto gewesen, dann war das natürlich ein netter Witz, hat aber auch nicht funktioniert.

Frau Tahegia setzte auf ihr einfaches Alibi und wäre beinahe damit durchgekommen.

Die Polizei hätte ihr nämlich nachweisen müssen, dass sie nicht, wie angegeben, zuhause war.

Ein wasserdichtes Alibi ist natürlich wichtig, wenn man als Mörder unterwegs ist.

Aber was macht ein Alibi nun *wasserdicht*?

Zum Beispiel ein Zeuge, der angibt mit Ihnen zusammen gewesen zu sein. Möglichst weit weg vom Tatort.

Wir raten Ihnen ab. Wenn Sie jemanden zum Zeugen für Ihr Alibi machen, wird er sowas wie ein Komplize und vielleicht bald zu Ihrem Erpresser.

Keine rosigen Aussichten!

Was ist mit einem Alibi ohne Zeugen?

Sie kaufen sich eine Karte fürs Kino, Theater oder Konzert. Nun hübschen Sie sich ordentlich auf und suchen am Einlass auffällig nach der Eintrittskarte, so dass die Kartenkontrollfachkraft sich bei Ihrer Befragung an Sie erinnert.

Leider haben Sie die Karte umsonst gekauft.

Sie müssen nämlich schon wieder gehen, diesmal unauffällig, durch eine andere Tür.

Lassen Sie ihr Auto stehen, den Parkplatz kriegen Sie nämlich nie wieder.

Wenn alles vorbei ist, also auch das Kulturprogramm, fahren Sie mit dem Auto und all den anderen Besuchern vom Parkplatz. Jetzt haben Sie ein wasserdichtes Alibi. Wirklich?

Leider nicht.

Wieso?

Sie sind stolzer Besitzer eines Smartphones und Ihr Bewegungsprofil wird gerade bei der Kripo ausgedruckt.

Ach Sie hatten das Handy ausgeschaltet? Toll!

Haben Sie auch den Akku rausgenommen? Ja, und wenn schon. Da ist immer noch die Sim Card. Wenn Sie die vergessen haben, ist Ihr Alibi futsch.

Und sie haben die Vorstellung verpasst, wo die Karte doch so teuer war.

16:50 Uhr ab Hauptbahnhof

Sylvie Braesi

Henrietta Lange zog schnaufend ihren Rollkoffer hinter sich her. Hoffentlich würde sie den Zug noch erreichen.

Jetzt ärgerte sie sich darüber, kein Taxi bestellt zu haben. Stattdessen hatte sie sich auf die Straßenbahn verlassen. War ja klar, dass ausgerechnet heute so ein Tag war, an dem mal wieder eine Bahn ausfiel. Wieso hängen diese MVBler eigentlich Fahrpläne auf, wenn die dann doch nicht stimmten.

Die lakonische Antwort des Fahrers auf ihre Beschwerde war gewesen:

„Sie hätten ja in der App nachsehen können, ob die Bahn fährt."

Eigentlich wollte sie ihm antworten, dass sie ihr Telefon nur dazu benutzte, wozu es erfunden worden war, nämlich zum Telefonieren, aber das hatte sie sich lieber erspart.

Wenn die Straßenbahn wenigstens bis zum Bahnhof gefahren wäre, aber nein. Wegen dieser blöden Tunnelbaustelle musste sie schon an der MVB aussteigen und laufen.

Jetzt lief sie also, so schnell die kurzen, alten Beine es zuließen und die Minuten verrannen. Ihr Blick ging ängstlich zur großen Uhr über dem Bahnhofseingang. Es war 16:43 Uhr, noch sieben Minuten bis zur Abfahrt.

Als ob das nicht schon genug wäre, musste sie auch noch bis ganz nach hinten auf den letzten Bahnsteig.

Henrietta fing an zu schwitzen. Der Mantel war viel zu

warm für so eine Anstrengung und außerdem war sie auch zu alt dafür. Mit fast 75 Jahren musste man nicht mehr wie ein junger Hüpfer springen können.

Sie hastete durch die Halle, hievte den Koffer die Treppen hinunter und stürmte durch den Tunnel. Dabei nahm sie keine Rücksicht mehr auf entgegenkommende Leute. Sollten die doch ausweichen, sie hatte es eilig.

Zwei Minuten vor Abfahrt erreichte sie endlich den Bahnsteig. Ein junger Schaffner half ihr beim Einsteigen und brachte den Koffer zu einem freien Sitzplatz.

Das hieß ja heute Zugbegleiter, nicht mehr Schaffner, fiel ihr ein, als sie sich bedankte. Sie las den Namen auf seinem Schild an der Jacke, Steven Winkler.

Henrietta zog den Mantel aus und ließ sie sich schwer in den Sitz fallen. Langsam begann sich ihr Pulsschlag wieder zu normalisieren. Die Bahnsteiguhr zeigte genau 16:50 Uhr an, Abfahrtszeit für den Regionalexpress nach Halle.

Und wieso fuhr er dann nicht?

Der Sekundenzeiger auf der Uhr drehte eifrig seine Runde, aber nichts passierte. Und dafür hatte sie sich nun so abgejachtert. Jetzt saß sie hier im Zug, ohne Zeitschrift, ohne Kaffee im Pappbecher und es ging nicht los. Ihre Stimmung verdüsterte sich minütlich.

Endlich kam eine Durchsage.

Sie verstand nur: Verzögerung, technische Ursache und bitten um Entschuldigung.

Da konnte man nichts machen. Blöd war nur, dass ihre Freundin Lisbeth nun warten musste. Und sie konnte ihr nicht mal Bescheid sagen, weil Lisbeth sich standhaft weigerte, sich ein Handy anzuschaffen. Aber Lisbeth war ja auch schon älter, zwei Jahre.

Endlich setzte sich der Zug in Bewegung, nächste Station Buckauer Bahnhof. Von dort hätte Henrietta auch fahren können, wenn nicht auch in der Raiffeisenstraße alles gesperrt gewesen wäre, wegen der neuen Straßenbahntrasse. Diese Bauerei überall und was das kostete.

Gelangweilt sah Henrietta aus dem Fenster. Wie gern sie jetzt ein Kreuzworträtsel gelöst hätte, anstatt sich die tristen Bahnhofsanlagen anzusehen. Da waren nur Abstellgleise mit vielen leeren Zügen.

Der Zug beschleunigte.

Henriettas Blick ging zu den, immer schneller vorbeiziehenden Wagons und fast hätte sie es nicht gesehen.

Ihr Gehirn brauchte etwas länger, um das, was ihre Augen gesehen hatten, zu begreifen. Erschrocken drehte sie sich zum Fenster. So lange wie möglich versuchte sie die Szene im Blick zu behalten. Doch schon nach einem Moment war alles vorbei.

Trotzdem sie war sich sicher, sie hatte gesehen wie eine Frau ermordet wurde. Das Bild stand ihr mehr als deutlich vor Augen.

In einem der leeren Wagons war eine Frau von einer anderen Person erwürgt worden. Henriette nahm an, dass es ein Mann gewesen war. Sicher war sie aber nicht, denn sie hatte das Gesicht nicht sehen können.

Oh mein Gott, dachte sie, ich muss das melden, sofort. Vielleicht lebt die Frau ja noch.

Sie sah den Schaffner, sie war viel zu aufgeregt für

Wortklaubereien, an der Wagentür stehen und hastete aufgeregt zu ihm.

„Ich habe einen Mord gesehen, wir müssen sofort anhalten. So halten Sie doch den Zug an."

Der Zugbegleiter Winkler sah entgeistert auf die alte Dame, die sich mit aller Kraft an seine Uniformjacke geklammert hatte.

„Ein Mord? Wo denn? Hier im Zug?" Sein Blick ging in die Richtung, aus der die Frau gekommen war.

„Doch nicht hier im Zug", keuchte Henrietta immer noch völlig aus der Fassung. „In einen leeren Zug, wo dran wir gerade vorbeigefahren sind." Jetzt war ihr auch die Grammatik egal.

„Vorbeigefahren?"

Der Zug fuhr in den Bahnhof Buckau ein und wurde langsamer.

„Das sag ich doch. Es war eine Regionalbahn, ein roter Wagen, eine Frau wurde erwürgt. Ja so tun Sie doch was, Menschenskind!"

Winkler bekam langsam Angst, aber nicht wegen des Mordes, sondern um die Frau. Mit hochrotem Kopf und nach Luft ringend stand sie vor ihm, eine Hand an die Brust gepresst.

Hoffentlich bekam sie keinen Herzinfarkt.

Winkler hatte zwar eine Ersthelferausbildung, aber für seine erste Mund-zu-Mund-Beatmung würde er sich was Jüngeres wünschen.

Der Zug hielt, er musste aussteigen und seine Arbeit machen. Was nun?

Der flehentliche Blick der Frau ließ ihn zu seinem Diensthandy greifen. Ein paar Minuten hatte er ja Zeit, bis er sich um die Abfahrt kümmern musste. Er rief in der Leitstelle an und meldete den Vorfall. In seiner Wortwahl war er allerdings sehr zurückhaltend.

Am anderen Ende herrschte Stille, dann Gelächter. Er musste also deutlicher werden.

Nein, das war kein Witz.

Das Gelächter verstummte und es kamen die unvermeidlichen Rückfragen, die Winkler geduldig beantwortete.

Man würde sich darum kümmern, meinte der Dispatcher schließlich, wenn es auch schwierig sein würde, den richtigen Wagenzug zu finden. Winkler sollte zur Vorsicht die Personalien der Zeugin aufnehmen. Das hätte er sowieso getan. Jetzt musste er sich um die Weiterfahrt kümmern.

Der Zug setzte sich wieder in Bewegung und Winkler sah sich nach der alten Dame um. Sie war doch hoffentlich nicht umgekippt?

War sie nicht. Sie hatte sich nur auf einem Sitz in der Nähe der Tür niedergelassen und sah ihn mit erwartungsvollem Blick an.

„Haben Sie die Polizei angerufen?", wollte sie wissen.

„Ich habe Ihre Beobachtung gemeldet, die Leitstelle wird jetzt alles Weitere in die Wege leiten. Ich brauche noch Ihre Personalien. Als Zeugin wird man Sie sicher noch befragen wollen."

Henrietta lächelte zufrieden. Nur gut, dass sie hartnäckig geblieben war.

Sie nannte ihren Namen, die Adresse und, obwohl sie

nicht danach gefragt worden war, auch ihr Geburtsdatum. Der Schaffner notierte sich auch ihre Handynummer, weil sie doch ein paar Tage bei Lisbeth sein würde.

Zu guter Letzt schüttelte Winkler ihr die Hand und bedankte sich im Namen der Deutschen Bahn für die schnelle Meldung des Vorfalls.

Henrietta fand das zwar ein bisschen poplig, immerhin hatte sie ein Verbrechen gemeldet und nicht nur einen Schwarzfahrer, aber vielleicht würde das richtige Dankeschön nachgeholt werden, wenn alles aufgeklärt war.

Winkler widmete sich für den Rest der Fahrt um die Fahrkartenkontrolle und die Sicherheit seines Zuges. Als er Henriettas Fahrkarte kontrollierte, fragte sie natürlich, ob das Opfer schon gefunden worden sei. Er hatte natürlich keine Ahnung, bot aber freundlich an, nachzufragen.

In Halle angekommen, half Winkler ihr mit dem Koffer bis auf den Bahnsteig.

„Es gibt noch keine Neuigkeiten", raunte er der Dame verschwörerisch zu.

„Wie schade. Ich dachte schon, die beiden Polizisten da wären meinetwegen hier." Sie deutete auf zwei uniformierte Beamte, die an der Treppe standen und die Fahrgäste in Augenschein nahmen.

„Die sind doch von der Bahnpolizei. Um Mord kümmert sich die Kriminalpolizei."

Winkler musste innerlich schmunzeln. Die alte Dame war ganz schön abenteuerlustig. Vielleicht hatte einfach sie zu viele Krimis gelesen, dachte er, während er sie zum Fahrstuhl tippeln sah.

Henrietta wollte den Fahrstuhl betreten, als ihr ein Mann aus der Kabine entgegenkam und sie fast umrannte. Er entschuldigte sich nicht mal. Lief einfach weiter, ohne sich umzusehen. Vielleicht musste er auch einen Zug kriegen. Na das kannte sie ja.

Mühsam schob sie den Koffer in die Kabine und suchte nach der richtigen Taste für den Ausstieg. Erst als die Fahrstuhltür sich schloss, bemerkte sie, dass der Mann seinen Koffer vergessen hatte.

Was sollte sie machen? Wieder hochfahren und Ausschau halten? Das kam ja gar nicht in Frage. Lisbeth wartete sicher schon ungeduldig.

Als der Fahrstuhl unten ankam, stieg sie aus und sah sich um. Hier waren natürlich keine Beamten weit und breit. Aber schließlich konnte niemand von ihr verlangen, sich mit zwei Koffern abzurackern. Ihr Pensum an guten Taten hatte sie definitiv heute erfüllt.

Sie entdeckte Lisbeth an einem Zeitschriftenstand und ihr fiel ein, dass sie sich noch eine Rätselzeitung für die Rückfahrt holen musste.

Die Begrüßung der beiden Frauen fiel herzlich und laut aus. Das lag nicht an dem Geräuschpegel in der Bahnhofshalle, sondern daran, dass Lisbeth ihr Hörgerät wieder mal nicht trug.

Auf dem Weg nach draußen zum Taxistand entdeckte Henrietta doch noch zwei Bahnpolizisten und sprach sie wegen des vergessenen Koffers an. Nicht dass der noch geklaut wurde. Das wollte sie nun auch nicht.

Die Männer ließen sich genau beschreiben, wo der Koffer

stehen würde und liefen sofort los, wobei einer hektisch in das Funkgerät sprach.

„Was war das denn Hetti?", fragte Lisbeth verwundert.

Henrietta erzählte ihrer Freundin von dem eiligen Fahrgast und dessen stehengebliebenen Koffer.

Lisbeth schüttelte nur den Kopf. „Was Du immer für Sachen erlebst, also wirklich."

Henrietta winkte nur ab und meinte: „Das ist doch noch gar nichts. Warte ab, bis ich Dir erzählt habe, was mir unterwegs noch passiert ist."

Nachdem ihre Freundin die Geschichte mit der ermordeten Frau endlich verdaut hatte, war es Abend. Zeit für die Nachrichten.

Sie schauten sich MDR aktuell an und planten den restlichen Fernsehabend, als eine Meldung sie erschrocken zusammenfahren ließ.

Der Nachrichtensprecher verkündete mit ernster Miene: „Bombenalarm in Halle/Saale. Seit 18:30 Uhr ist der Hauptbahnhof in Halle komplett gesperrt. Der Zugverkehr wurde vorübergehend eingestellt. Grund ist ein herrenloses Gepäckstück, das in einem Fahrstuhl gefunden wurde. Der Koffer wurde von einer aufmerksamen Reisenden entdeckt, die den Fund sofort meldete. Das Bombenräumkommando ist vor Ort und hat den Fund als gefährlich eingestuft. In einem speziellen Sicherheitsbehälter wird er an einem dafür vorgesehenen Platz zur Sprengung gebracht. Die Sperrung des Bahnhofs wird voraussichtlich noch bis 24:00 Uhr dauern."

Die Frauen starrten fassungslos auf den Bildschirm. Es war Lisbeth, die schließlich etwas sagte.

„Eine Bombe, Hetti! Gott, was Dir hätte passieren können! Ich brauch jetzt einen Likör."

Henrietta murmelte leise vor sich hin. „Wieso passiert mir immer sowas?"

Als Lisbeth mit einer Flasche Eierlikör wieder ins Zimmer kam, löste sich die Schockstarre bei Henrietta.

„Stell bloß diesen Schlabberkram weg. Jetzt brauch ich was Stärkeres. Ich hab doch vorhin in Deiner Küche eine Flasche Tonic gesehen. Also hol den Gin raus."

Widerspruchslos trabte Lisbeth zurück in die Küche. Das war wirklich das passendere Getränk. Wo Hetti Recht hatte, hatte sie Recht.

*

Der Mord an der Frau im Zug war inzwischen auch aufgeklärt.

Die Bahnpolizei hatte den Wagen schnell gefunden. Das Reinigungspersonal, das dort an der Arbeit war, gab schon nach kurzer Befragung zu, dass sie die Schuldigen an dem Aufruhr waren. Sie hatten vor einiger Zeit damit angefangen, berühmte Morde in Zügen nachzustellen, mit dem Handy ein Video aufzunehmen und es im Internet hochzuladen. Heute war der Mord aus Agatha Christies „16:50 Uhr ab Paddington" dran gewesen.

„Da waren wir wohl etwas zu realistisch?", fragte der selbsternannte Regisseur.

Die Polizisten beließen es bei einer Ermahnung. Allerdings würde eine Meldung an den Arbeitgeber erfolgen und das konnte natürlich arbeitsrechtliche Konsequenzen mit sich bringen.

Erst ein ganzes Stückchen weg vom *Tatort* fingen die beiden Polizisten an zu lachen. Da konnten sie beim Schichtwechsel eine tolle Geschichte erzählen und bis dahin würden sie sich die Videos mal anschauen.

Im Wagon trat der Mann mit dem Handy zu seinem Komplizen, dem vermeintlichen Mörder, und raunte ihm mit finsterer Miene zu: „Wenn Du uns kündigst, verpfeif ich Dich und sag wo die Leiche ist."

Eine Frauenstimme ertönte aus dem WC. „Na wo schon. Sie liegt jede Nacht neben Dir im Bett, Schatzi. Und wenn ihr denkt, ich mach die ganze Arbeit allein, dann habt ihr euch geirrt. Ich mach nämlich jetzt Schluss, schließlich bin ich tot."

Alle lachten befreiend auf und der *Mörder* rief: „Die erste Lage Bier geht auf mich!"

*

Steven Winkler konnte es kaum fassen. Aber die Beschreibung der Bahnpolizisten war eindeutig. Es war die alte Dame aus seinem Zug gewesen, die den Koffer gemeldet hatte. Winkler gab ihre Personalien weiter. Jetzt konnte man sich mit der Frau in Verbindung setzen und ihr angemessen danken.

Winkler schüttelte den Kopf.

Erst sieht sie einen Mord, der sich zum Glück als dummer Scherz herausstellt und dann findet sie einen scheinbar vergessenen Koffer und der entpuppt sich als Bombe. Das würde ein ziemlicher Schreck für sie sein, wenn sie erfuhr, was da neben ihr im Fahrstuhl gestanden hatte.

Da hatte sie wirklich nochmal Glück gehabt.

Von ihm selber konnte man das leider nicht behaupten. Er

saß jetzt hier fest und musste seine Verabredung mit seinem Vater zum Fußballabend absagen.

Er griff zum Telefon. Eine müde Stimme meldete sich. „Winkler."

„Hi Dad. Ich muss unsern Fußballabend absagen. Ich sitze in Halle fest."

„Hab schon davon gehört und mit der Absage gerechnet. Hauptsache, es ist nichts passiert. Die Würstchen friere ich ein und das Bier hält sich auch bis zum nächsten Mal."

Hauptkommissar Winkler hatte selber schon oft genug Verabredungen wegen des Jobs absagen müssen, er kannte das also.

„Eigentlich schade, heute hätte ich das Bier wirklich gut gebrauchen können", sagte Steven.

„Mehr als eine Bombe?"

Steven erzählte dem Vater die haarsträubende Geschichte des angeblichen Mordes, dessen Video sich inzwischen via Facebook und Twitter rasend schnell verbreitete. Sein Vater hörte aufmerksam zu und bei der Beschreibung der alten Dame horchte er auf.

„Sag mal, wie heißt denn die Zeugin?"

Steven musste nachsehen, es war ein so altmodischer Name gewesen, dass er ihn sich nicht hatte merken können.

„Henrietta Lange" las er vor.

„Wohnt sie zufällig im Kirschweg?"

Steven wusste ja, was sein Vater beruflich machte, aber jetzt wurde der ihm doch etwas unheimlich.

„Woher weißt Du das?"

Ein unterdrücktes Lachen war die erste Reaktion, dann

kam die Antwort.

„Ich darf eigentlich nicht über sowas sprechen, aber bei Dir kann ich ja mal eine Ausnahme machen. Henrietta Lange ist in unserem Revier bestens bekannt. Sie hat von Einbrüchen bis zu Autodiebstählen schon alles beobachtet und gemeldet. Natürlich gab es immer harmlose Erklärungen. Der Einbruch über den Balkon war einer zugefallenen Wohnungstür geschuldet und der Autoknacker war ein Freund des Besitzers, der eine Autoscheibe auswechselte. Einmal hat sie sogar im City Carré die Entführung einer jungen Frau beobachtet. Wie sich rausstellte war es eine Ladendiebin, die vom Hausdetektiv an der Flucht gehindert wurde."

Steven tat die alte Frau ein bisschen leid, aber lachen musste er trotzdem.

„Und jetzt ist sie also bei Mord angekommen."

„Nein den hatten wir auch schon."

„Echt jetzt?"

„Nach einer Literarischen Dampferfahrt auf der Elbe, auf der eine Frau über Bord gegangen war, kam sie und behauptete, dass eine Gruppe von Fahrgästen dafür verantwortlich gewesen ist."

„Das ist ja krass. Und was war damit?"

„Die Leiche der Frau wurde elbabwärts angespült. Es gab keine Hinweise auf Gewaltanwendung und sie soll nach Angaben des Personals auf dem Kahn auch einiges an Alkohol intus gehabt haben. Der Fall wurde als Unfall eingestuft, Akte geschlossen."

„Hast Du den Fall bearbeitet?"

„Nein. Nicht meine Baustelle. Ich hatte gerade mit einem

Doppelmord in Texas zu tun."

Steven hatte sich beim Zuhören schon so seine Gedanken gemacht.

„Weißt Du Dad, die alte Dame mag ja ein bisschen übereifrig sein, aber mit dem Koffer hat sie voll ins Schwarze getroffen. Ich finde die Deutsche Bahn ist ihr mindestens einen Blumenstrauß und ein Gratisticket schuldig."

„Dann schlag das doch vor."

„Das mach ich und ich werde ihr auch erzählen, was bei dem beobachteten Mord rausgekommen ist."

Winkler lächelte. Sein Junge war ein Guter. Er war stolz auf ihn. Den Fußballabend würden sie bald nachholen.

At-ten-tat, das

Substantiv, Neutrum
Ein Attentat ist eine Gewalttat, die auf die Tötung oder Verletzung einer Person oder einer Gruppe abzielt. (Wikipedia)

Auch ein blindes Huhn findet mal ein Korn, bzw. ein Verbrechen.

Kleine, alte, aufmerksame Ladys, die sich als Detektivinnen betätigen, hat es schon öfter gegeben. Nun haben wir also auch in Magdeburg so eine *Miss Marple.*

Es hat übrigens auch schon in Magdeburg einen Bombenalarm auf dem Bahnhof gegeben. Das war 2018, also noch gar nicht so lange her. War zum Glück ein Fehlalarm.

Von den anderen Geschehnissen sind immerhin zwei nicht der Fantasie der Autorin zuzuschreiben. Der herrenlose Koffer, allerdings in der Vorhalle der Deutschen Bank und die vermeintliche Entführung der Ladendiebin, beides im City Carré.

Beide Ereignisse sind tatsächlich passiert und jetzt raten Sie mal, wer's gemeldet hat. Der Vorname fängt mit S an und der Nachname mit B.

Kommentar der Zeugin: „Ich schreibe zu viele Krimis!"
Das City Carré ist übrigens ein ebenso sicheres Einkaufscenter wie das Allee Center, der Bördepark, der Florapark und, last but not least, der Elbepark.

Waren das jetzt alle Einkaufstempel? Ich hoffe es. Wir wünschen Ihnen auf jeden Fall immer eine gute Reise und einen guten Einkauf.

Der Fremde im Bus

A.W. Benedict

Am ersten November des letzten Jahres war es soweit gewesen.

Herr Mielke wurde neuer Leiter der MVB Magdeburg, würde die Verkehrsplanung übernehmen und für Sicherheit und Ordnung an Bord von Bahn und Bus in der Landeshauptstadt Sorge tragen. Herr Mielke hatte Verkehrsingenieurwesen studiert.

Damit kam das Aus für Herrn Bibermann. Er wurde in Rente geschickt, einfach so. Er hatte sich mit viel Mühe hochgearbeitet. Angefangen hatte er damals auf der Linie Zehn als Straßenbahnfahrer. Bis zum Betriebsleiter der MVB hatte er es geschafft. Er hatte es allein durch sein Können zu etwas gebracht, nicht durch das Herumsitzen in Hörsälen. Und nun? Was blieb ihm denn noch? Einen lebenslangen Freifahrtschein hatten sie ihm geschenkt. Was für eine Farce. Geheiratet hatte er nie, dafür hatte ihm die Zeit gefehlt. All seine Energie hatte er dem Magdeburger Verkehr gewidmet.

Also hatte er sich eine Beschäftigung gesucht. An jedem Tag, das Wochenende war eine Ausnahme, nahm er den 54er Bus und fuhr vom Bördepark zur Porsestrasse und zurück. An den Wochenenden nahm er den 53er Bus und fuhr seine Runde, obwohl der ihn schon öfter versetzt hatte. Beschwerden bei seiner alten Geschäftsstelle hatten bis jetzt nicht gefruchtet. Der neue Chef war ganz einfach ungeeignet für diesen Job.

So reifte in ihm ein Gedanke, der sich in seinem Kopf festsetzte und ungeahnte Formen annahm. Was würde passieren, wenn Herr Mielke nicht mehr da wäre? Würde man nicht aus der Not heraus nach ihm rufen? Ein breites Lächeln lag in seinem Gesicht. Tage und Nächte waren nun angefüllt mit Plänen und Recherchen. Sogar zu einem Vortrag des bekannten Rechtsmediziners Dr. Mark Benecke war er gegangen. Man konnte niemals genug Informationen anhäufen.

Bibermann stieg an einem Montag in seinen Bus und wartete ab. Wochen vergingen. Dann kam endlich seine Stunde.

An der Haltestelle Eiskellerplatz stieg ein Mann ein, über den er bereits mehr wusste, als der Mann selbst wahrscheinlich. Er hatte viele Informationen zusammengetragen. Das war nicht schwer gewesen, denn dieser Mann stand in der Öffentlichkeit und war bekannt. Ab und zu war dieser Mann im Bus mit Bibermann gefahren, bis zur Porsestrasse und danach in eine Bahn gestiegen zum Großen Theater. Er war Schauspieler am Theater und hatte schon einmal eine kleine Rolle in einem der Tatortkrimis ergattert. Zwar nur eine kleine Rolle, in der er bereits in der zweiten Szene auf dem Tisch des Rechtsmediziners gelegen hatte, aber er hatte den Toten mit sehr viel Können gespielt. So stand es dann in der Volksstimme, also stimmte es wohl.

Gerald Herzog, Bibermann vermutete einen Künstlernamen, war am Großen Theater als jugendlicher Held beliebt und hochgeachtet, obwohl seine Haare begannen grau zu werden. Wozu gab es Perücken, hatte die Maskenbildnerin ihm mit einem Grinsen erklärt. Sein Privatleben sah nicht so toll aus.

Er steckte in einer Ehe mit einer zänkischen Frau fest, die ihn nach Strich und Faden betrog. Man hatte die Dame am Strand von Hiddensee mit einem wesentlich jüngeren Mann gesehen. Des Öfteren berichteten die Medien über einen weiteren Skandal. Angeblich hätte Herzog wohl ebenfalls eine Liaison mit einer der Schauspielerinnen des Ensembles, ein sehr junges Ding mit Ambitionen.

Bibermann stand auf und setzte sich neben den Schauspieler. Eine Zeit lang sagte er nichts.

Dann beugte er sich zu Herzog und begann zu sprechen. Der Bus war halb leer. Niemand würde ihn hören.

„Was halten Sie vom perfekten Verbrechen? Herr Herzog?", sagte Bibermann.

Sein Gegenüber sah ihn mit weit aufgerissenen Augen an. „Wie bitte?"

„Was, wenn ich Ihnen einen Vorschlag unterbreite, der Sie auf einen Schlag von Ihrer zänkischen Frau befreit und Sie würden damit davonkommen. Eben ein perfekter Mord. Was würden Sie zu so einer Aussicht sagen, rein hypothetisch. Ich habe schon so viel von Ihnen gehört, ich habe das Gefühl, wir kennen uns bereits und sind alte Freunde."

„Wer sind Sie denn?"

Herzog fühlte sich offensichtlich unwohl.

„Wer ich bin ist doch erst einmal nebensächlich. Wir wollen nur einmal eine Situation durchspielen. Sehen Sie, ich habe mich mit dem perfekten Mord und wie man davonkommt seit langem beschäftigt. Es gibt eigentlich nur eine einfache Methode. Hilfst du mir, helfe ich dir! Sie haben eine betrügerische Gattin und ich habe einen unliebsamen neuen Chef in meinem Büro. Wir werden beide ein Alibi haben und trotzdem die Schmarotzer los sein."

„Meinen Sie das im Ernst, guter Mann? Ach jetzt weiß ich, ja natürlich! Okay, ich mache natürlich gern mit. Wann soll denn die Sache steigen?", rief der Schauspieler plötzlich aus.

Bibermann war im ersten Moment überrascht. Er hatte angenommen, es wäre noch mehr Überredung nötig. Vielleicht müsse man sich mehrere Male treffen. Nun hatte Herzog sein Einverständnis gegeben.

„Also ich würde meinen, Sie sollten sich für den kommenden Samstag ein Alibi verschaffen. Sagen wir zwischen neunzehn und einundzwanzig Uhr."

„Perfekt, da stehe ich auf der Bühne des Theaters und gebe den Hamlet. Sein oder nicht sein, Sie wissen schon!"

Der Bus hielt an der Porsestrasse und Herzog reichte Bibermann sogar noch die Hand zum Abschied.

„Ich melde mich bei Ihnen, Herr Herzog, wegen der anderen Sache!", rief er dem schnell enteilenden Schauspieler nach. Wieso lachte der so laut? Versteh einer diese Schauspieler. Morbides Volk, dachte sich Bibermann.

Nun musste geplant werden. Es war einfach. Die Dame, die es nicht bis zum Sonntag schaffen sollte, war an dem Wochenende in Magdeburg und die Presse hatte berichtet, sie wolle mit ihrem neuen Galan die Herbstmesse besuchen. Bibermanns bevorzugte Tatwaffe war ein Seidenschal. Das hatte er in einem alten Krimi gesehen und fand das ziemlich passend. Herzog trug gern diese Seidenschals und Bibermann hatte genauso einen bunten Schal gekauft. Er würde ihn danach als Erinnerung an seinen genialen Plan aufbewahren. Was hatte dieser Rechtsmediziner gesagt? Manche Serienmörder sammelten Trophäen. Was für Looser. Sein Plan war wasserdicht.

Am Samstag machte sich Bibermann auf zur Herbstmesse. Auf dem kleinen Stadtmarsch drehten sich Karussells und ein Riesenrad zog seine Runden.

Kreischende Kinder und Teenager belagerten die Achterbahn, die in diesem Jahr erstmals in Magdeburg aufgebaut worden war.

Bibermann hasste diesen Zirkus. Bereits als Kind war es ihm ein Gräuel gewesen. Er war nicht schwindelfrei und wurde von seinen Mitschülern regelmäßig deshalb gehänselt.

Und da sah er sie. Wie sie dahintänzelte. Neben ihr ging ein junger Mann. Sie hatte ihn locker untergehakt und redete ununterbrochen. In der Hand die unvermeidliche Zuckerwatte. Mit der Figur konnte sie sich das wahrscheinlich leisten, dachte Bibermann und folgte dem Pärchen.

Die beiden blieben vor der Geisterbahn stehen.

Perfekt. Bibermann schlug sich in Gedanken auf die Schulter. Was war er für ein guter Planer. Herr Mielke hätte sowas nicht drauf, da war er sich sicher, dieser studierte Affe!

Nun hieß es dranbleiben. Er schob sich ganz dicht hinter das Paar und erwischte tatsächlich den Wagen hinter ihnen. Der Rest würde ein Kinderspiel sein. Er wusste, dass es eine Stelle gab, wo die Wagen dicht an dicht in der Dunkelheit hintereinander warten mussten. Der Zeitplan war eng, aber Bibermann war sich seines Könnens sicher. Wie oft hatte er in der MVB-Zentrale Zeitpläne koordinieren müssen. Das kam ihm nun zugute.

Er wartete.

Sie erreichten die Stelle und Bibermann griff zu. Es war einfach. Er hatte mit einem minutenlangen Kampf gerechnet oder mit mehr Gegenwehr. Aber nach ein paar Sekunden war alles vorbei. Noch nicht einmal ein Schrei war aus der Kehle des Opfers gekommen. Außerdem wurde ringsum genug geschrien, das wäre nicht aufgefallen. Er steckte den Seidenschal zurück in seine Tasche und verließ die Geisterbahn über einen Seiteneingang.

Natürlich wollte er sein Werk nochmals betrachten, um seinem Partner die frohe Botschaft wahrheitsgemäß melden zu können. Bibermann baute sich vor dem Ausgang der Geisterbahn auf und wartete. Er rieb sich freudig die Hände. Nun wäre Mielke bald dran. Er hätte seinen alten Posten wieder.

Der nächste Wagen musste es sein. Sein Puls ging in ungeahnte Höhen, sein Gesicht lief rot an, vor Erwartung blieb ihm fast die Luft weg. Sein Plan, sein wunderbarer Plan hatte wieder einmal geklappt. Mielke war ein Niemand gegen ihn.

Der Wagen erschien. Eine Frau kreischte.

Frau Herzog stieg wutentbrannt aus dem Wagen und versuchte sich die Zuckerwatte aus Gesicht und Ausschnitt zu zupfen. Irgendjemand hatte ihr von hinten die Zuckerwatte ins Gesicht gedrückt. Der junge Mann an ihrer Seite konnte sich nicht mehr zügeln und lachte aus vollem Halse. Das brachte ihm die Tasche seiner Angebeteten, eine Designertasche von Gucci, direkt ins Gesicht. Sie schimpfte und schlug auf den Mann ein.

Bibermann lag zu dieser Zeit bereits am Boden und rang

nach Atem. Ein Sanitäter kam mit einer Tasche gelaufen, beugte sich über den Mann am Boden und versuchte ihn zu reanimieren. Nach fünfzehn Minuten kam der Rettungswagen und der Notarzt stellte den Tod des Mannes fest.

Bibermann durfte im Rettungswagen zur Rechtsmedizin fahren und landete noch am gleichen Tag auf dem Tisch eines Rechtsmediziners.

In seiner Tasche fand man den Seidenschal. Er klebte furchtbar und roch nach Zuckerwatte und gebrannten Mandeln. Man entsorgte den Schal.

Der Schauspieler Herzog sah seinen Partner in Crime niemals wieder und wunderte sich noch Wochen später, warum seine Kollegen am Theater diesen Streich ausgeheckt hatten, aber scheinbar nichts darüber erzählen wollten.

Frau Herzog trennte sich von ihrem humorvollen jungen Liebhaber und ging mit ihrem Mann zu einer überaus erfolgreichen Paartherapie.

Hilfst du mir, helf ich dir

Hier würde man gern von einem Freundschaftsdienst sprechen, aber ist es das wirklich?

Es hat nicht wirklich etwas mit Freundschaft zu tun.

Ein Herr, mit deutlich psychopathischen Zügen, schlägt dem ihm völlig Fremden einen Handel vor.

Ich meuchele deine ungeliebte Frau, du beseitigst dafür meinen fiesen Chef. Das perfekte Verbrechen, meint er.

Die Idee ist vielleicht ganz gut, aber nicht neu.

Hitchcock brachte es auf den Punkt mit dem Fremden im Zug.

Während der Fremde den Mord verübt, kann der Angehörige sich ein perfektes Alibi beschaffen und wir hatten ja schon darauf hingewiesen, wie wichtig das Alibi ist. Außerdem gibt es keine Verbindung zwischen Täter und Opfer, also auch kein Motiv.

So wären beide Mörder aus dem Schneider und die Polizei würde bis zum jüngsten Tag suchen. Es kommt, wie es immer kommt, einer springt ab und will nicht mehr mitspielen.

Sie haben ihren Teil der Abmachung erfüllt und der andere denkt nicht dran, es auch zu tun. Bedenken Sie diesen Umstand. Er könnte noch wichtig werden für Ihr weiteres Leben.

Womit wir schon wieder beim nächsten Motiv angekommen sind.

Erpressung und Verrat haben der Menschheit bis zum

heutigen Tage nicht wirklich viel gebracht.

Denken Sie mal zurück, Sie müssen dafür kein Geschichtsass sein, wie war das nochmal mit dem guten Cäsar? Verraten.

Marat? Ein würdiger Vertreter der Franzosenrevolution? Verraten.

Anne Boleyn? Verraten. Nun sagen wir einmal, wir denken es.

Die Dame hatte einen wirklich nicht mehr genau nachzuvollziehenden Lebenswandel und hätte sich nicht einlassen sollen mit diesem Heinrich von England. Er hatte Gefallen gefunden am schnellen Verlust seiner Ehefrauen und verabschiedete sich von fünf Damen, bevor man ihn losgeworden war. Die sechste Ehefrau überlebte ihn nur knapp und konnte sich nicht erfreuen an der neu gewonnenen Freiheit. Was für eine Farce.

Wir könnten noch weiter zurückschauen, die Bibel ist voll von Verrat. Außerdem haben wir keine 30 Silberlinge zur Verfügung, um es dem allerersten bekannten Verräter der Geschichte gleich zu tun. Bis heute sind sich die Gelehrten nicht einig, ob Judas wirklich der Verräter der Geschichte war oder einfach zur falschen Zeit am falschen Ort rumlungerte.

Dann ist auch noch die Frage, wem soll man was verraten, um den zu Verratenden danach auch wirklich los zu sein? Könnte letztendlich der Verräter selbst den Löffel abgeben oder den Silberling? Lassen Sie es.

Kommen wir zu dem zweiten Aspekt, die Erpressung mit Todesfolge.

Glauben Sie mir, der Erpresser ist weit öfter der Tote in

dieser Rechnung, als der Erpresste. Schauen Sie sich um in der bunten Fernsehwelt. Den Erpresser erwischt es hundert Mal öfter als den Erpressten.

Fazit: Vergessen Sie's!

Wie stell ich es nun an?

(un)natürliche Todesursachen

Falls Sie auch, wie Herr Bibermann, über den perfekten Mord nachdenken, dann hier noch ein paar Anmerkungen.

Gehen wir mal davon aus, dass nach der Tat etwas zurückbleibt, nämlich die Leiche. Die wird in den meisten Fällen irgendwann gefunden. Ganz oder teilweise hängt von verschiedenen Umständen ab, die wir später noch näher beleuchten.

Auf jeden Fall, kommt einer und guckt nach, woran der Verblichene gestorben ist.

Im Idealfall steht auf dem Totenschein so etwas wie natürliche Todesursache.

Sie haben sich zum Beispiel dafür entschieden, Ihr Opfer in den heimischen Gefilden um die Ecke zu bringen. Dann sorgen Sie doch einfach noch für schummrige Beleuchtung und eine nette Ablenkung für den Leichenbeschauer. Vielleicht hilft es und Sie haben es geschafft. Verlassen Sie sich aber besser nicht darauf. Da sind nämlich noch solche Bemerkungen wie Todesursache unklar oder gar unnatürlicher Tod. Die sind gar nicht gut.

Sie ziehen dann eine Reihe von Untersuchungen nach sich

und das kann zur Folge haben, dass daraus eine Morduntersuchung wird. Das wollen Sie aber um jeden Preis vermeiden, nicht wahr?

Aus verlässlicher Quelle haben wir erfahren, dass es von Bundesland zu Bundesland Unterschiede bei der Leichenschau gibt.

So gibt es die Klassifizierung *Todesursache unklar* in einigen Bundesländern gar nicht. In welchen können wir leider nicht sagen. Dazu fehlt Ihnen die Sicherheitsfreigabe.

Es gibt noch andere Unterschiede, aber auch da werden wir keine Indiskretion begehen.

Na gut, einen Tipp geben wir Ihnen.

Wenn Sie unbedingt in Berlin, Sachsen-Anhalt oder Mecklenburg-Vorpommern einen Mord begehen müssen, sehen Sie zu, dass Sie die Leiche unbemerkt nach Brandenburg kriegen.

Da gibt es die wenigsten Obduktionen.

Eine natürliche Todesursache vorzutäuschen, ist schwer. Schwerer als einen… na Sie wissen schon.

Eine unnatürliche Todesursache ist übrigens nicht in jedem Fall gleichbedeutend mit Mord.

Da wäre zum Beispiel der Unfall

Ja, Unfälle passieren täglich und das nicht nur auf der Straße. Auch Zuhause, auf der Arbeit oder in der Freizeit kommen Leute zu Tode.

Beim Fensterputzen aus dem Fenster *gefallen*? Möglich wär's. Nützt aber bei Erdgeschoss- oder Souterrainwohnungen wenig. Beim Heimwerkern mit der Kreissäge die Hauptschlagader *ausversehen durchtrennt*?

Soll schon vorgekommen sein.

Beim gemeinsamen Wildcampen im Wald *verirrt*? Nur wenn man für sich selbst genug Brotkrumen gestreut hat, damit man sich allein wieder zurückfindet.

Dann doch lieber Verkehrsunfall? Sehen wir uns mal die Statistik an.

Während 1997 noch 8.549 Menschen durch Verkehrsunfälle auf Deutschlands Straßen starben, waren es 2017 nur noch 3.180.*

Das *nur noch* bezieht sich auf das Verhältnis beider Zahlen und soll nicht darauf hinweisen, dass wir diese Verringerung bedauern.

Es macht aber deutlich, dass unsere Autos immer sicherer geworden sind. An den Fahrern liegt es gefühlt nicht.

Die Manipulation eines KFZ ist heute wesentlich schwerer als 1997. Sie brauchen dazu nicht nur die fachlichen Kenntnisse eines Automechanikers, sondern müssen auch noch einen Abschluss als Ingenieur der Elektrotechnik besitzen. Ein guter Computerhacker zu sein, kann auch nicht schaden.

Der Hacker in Ihnen programmiert den Bordcomputer um, der Elektrotechniker verändert die Anzeigen im Auto und der Mechaniker knackt das Garagentor.

Erledigt!

Waaaas? Sie sind das alles nicht? Na dann aber schnell im Onlinecollege einschreiben und fleißig lernen.

Und wenn alle Stränge reißen, dann wird's vielleicht wenigstens ein besserer Job.

Das Schweigen der Psychiater

Sylvie Braesi

Hannes Lester fühlte sich nicht wohl an diesem Tag. Eigentlich fühlte er sich an keinem Tag wohl. Es war nicht so, dass er genau hätte sagen können, was ihm fehlt. Es war einfach ein undefinierbares Unwohlsein, das überall in seinem Körper saß und ihn plagte.

Sein Arzt hatte jede Menge Untersuchungen veranlasst, gründlich war er ja, nur gebracht hatte es nichts. Alle Befunde waren negativ gewesen, doch das Gefühl, krank zu sein, war geblieben. Zu guter Letzt hatte sein Arzt ihm eine Überweisung zu einem Psychiater überreicht.

Das war vielleicht ein Schock für ihn gewesen.

Nur weil die Ärzte nichts finden konnten, hieß das doch nicht, dass er verrückt war.

Dr. Schimmelpfennig hatte ihn beruhigt. Das sei einfach nur eine weitere Möglichkeit, seinen Beschwerden auf den Grund zu gehen. Von verrückt sein, sei keine Rede.

Der konnte das leicht sagen.

Lester war ein paar Tage lang um die Überweisung herumgeschlichen, unschlüssig darüber, was er tun sollte. Schließlich befragte er Dr. Google.

Auf einer medizinischen Ratgeberseite entdeckte er eine Statistik aus der hervorging, wie stark die Anzahl der psychischen Erkrankungen in den letzten Jahren zugenommen hatten. Das beeindruckte ihn sehr.

Er wusste von Kollegen, die schon in Therapie gewesen waren. Bis jetzt hatte er sie immer nur still belächelt und sich gewundert, wie offen sie darüber sprachen. Aber so war das eben heute. Man redete über alles, zeigte Verständnis und war aufgeschlossen. Ein Versuch konnte ja nicht schaden.

Kurz entschlossen begann er also, bei Psychiatern anzurufen.

Es gab erschreckend viele in Magdeburg, wie er fand. Noch erschreckender war, dass sie offensichtlich viel zu tun hatten. Immer wieder hörte er die freundliche Sprechstundenhilfe sagen: „Tut mir leid, Herr Lester. Im Moment nehmen wir keine neuen Patienten auf."

Dann wurde er noch an einen geschätzten Kollegen oder eine geschätzte Kollegin verwiesen und das Gespräch war beendet.

Er wollte schon aufgeben, so frustriert war er. Was machten eigentlich die richtig schweren Fälle? Sprangen die lieber gleich vor einen Zug?

Er würde noch einen Versuch starten, dann war's das.

Dr. med. Clarissa Sternle, Praxis für Neurologie und Psychiatrie in der Goethestraße.

Schon nach dem ersten Klingeln ertönte eine weibliche Stimme, die ihn fragte, was sie für ihn tun könne.

Müde, missmutig und auf eine weitere Abfuhr gefasst, schilderte er sein Anliegen. Die Antwort traf ihn so überraschend, dass er kaum glauben wollte, was er hörte.

Ja, sie könne ihm einen Termin für ein Erstgespräch anbieten, allerdings erst in zehn Wochen.

Na ja, wenigstens etwas.

Lester nahm den Termin. Die nette Stimme bat ihn noch, sich auf jeden Fall zu melden, wenn er sich für einen anderen Arzt entscheiden würde, weil er da vielleicht früher einen Termin bekam.

Na, die Tante hatte ja vielleicht Vorstellungen. Aber egal, er versprach es und legte auf.

Zehn Wochen später war Lester auf dem Weg zu Frau Dr. Sternle. Er war zugegebenermaßen aufgeregt, weil er nicht wusste, was ihn erwarten würde.

Das Haus, in dem die Praxis sich befand, war ein fünfstöckiges Gebäude aus der Gründerzeit, topp saniert und sicher mit entsprechenden Mietpreisen. Die Praxis lief wohl bestens.

Lester suchte die Klingelschilder ab, als die Haustür geöffnet wurde. Ein Mann mit Hund wollte hinaus und versperrte ihm den Weg.

„Zu wem wollen Sie denn?", fragte er argwöhnisch.

Lester fand ja nicht, dass es den Mann was anging und wollte sich vorbeidrängeln. Der Hund, ein Terrier, begann leise aber bedrohlich zu knurren. Also gab der Klügere wieder mal nach und sagte: „Ich habe einen Termin bei Frau Dr. Sternle."

„Ach zu Frau Doktor wollen Sie? Das ist im vierten Stock."

Die Stimme des Mannes hatte plötzlich einen spöttischen Unterton. Mit großer Geste ließ der Mann ihn eintreten.

Auf der Treppe bekam Lester noch hinterhergerufen: „Wir achten in unserem Haus sehr aufeinander!"

So konnte man es auch nennen.

Frau Dr. Sternle entpuppte sich als attraktive Mitdreißigerin, die sich ihrer Wirkung auf das männliche Geschlecht sehr bewusst war. Der graue enge Rock sah noch recht bieder aus. Dieser Eindruck wurde aber von den schwarzen Pumps und der bordeauxroten Seidenbluse schnell wieder wettgemacht. Das kastanienbraune lange Haar fiel ihr lockig über die Schultern. Ein dezentes Make-up und ein Duft von Jasmin machten ihr Outfit komplett. Es passte, seiner Meinung nach, mehr zu einem Date, als in eine Praxis.

Letzten Endes war es ihm egal. Seinetwegen hätte sie auch eine Hornbrille und einen Kartoffelsack tragen können. Hauptsache sie konnte etwas gegen sein Unwohlsein tun.

Eine Stunde später stand Lester wieder vor dem Haus und fragte sich, was das denn gerade gewesen war.

Die Hälfte der Zeit hatte Frau Doktor ihm Formulare vorgelegt, die er gründlich durchlesen und unterschreiben sollte. Natürlich war auch die allgegenwärtige Datenschutzerklärung dabei gewesen. Dazu kamen noch ein halbes Dutzend Einverständniserklärungen und ein ellenlanger Patientenbogen.

Letzteren durfte Lester mitnehmen, um ihn in Ruhe zu Hause auszufüllen.

Als er endlich sein Problem schildern konnte, war die Zeit fast um gewesen.

Während Lester sich das Ganze nochmal durch den Kopf gehen ließ, kam er immer mehr zu der Erkenntnis, dass Sternle ihm gar nicht richtig zugehört hatte. Nahm sie ihn etwa nicht ernst?

Jemand sprach ihn plötzlich an. „Keine Sorge, Mann. Das wird schon wieder."

Es war der Mann mit dem Terrier, der vom Gassi gehen zurückkam. Der hatte ihm gerade noch gefehlt. Hoffentlich wurde es bei den nächsten Terminen besser.

Wurde es nicht!

Sternle ging gar nicht richtig auf seine Beschwerden ein. Sie fragte ihn doch allen Ernstes, ob er Stimmen hören würde oder ob er glaube, dass jemand seine Gedanken lesen würde.

Er wollte schon die Hand zum vulkanischen Gruß erheben, ließ es nach kurzer Überlegung aber lieber sein. Wer weiß, vielleicht konnte Frau Doktor ihn einweisen lassen.

Also ließ er sie weiter fragen, nach seiner Familie, der Kindheit und der Arbeit. Er sollte über seine Beziehungen zu seinen Eltern reden und dann schlug sie ihm sogar vor, einen Stammbaum zu erarbeiten. Wie sollte ihm das denn helfen.

Trotzdem stimmte er, wenn auch wiederwillig, zu.

Natürlich kam nichts dabei heraus, genau wie er es schon vorhergesehen hatte. Immer wieder versuchte er Sternle klar zu machen, dass seine Beschwerden körperlicher und nicht seelischer Natur waren, aber sie ging nicht darauf ein. Sie nickte dann immer freundlich und sagte, dass er Geduld haben müsse.

Oh Mann, alles was er wollte, war ihre Bestätigung, dass in seinem Oberstübchen alles in Ordnung war. Dann musste Dr. Schimmelpfennig endlich einsehen, dass er krank war.

Er würde einfach weiter durchhalten. Früher oder später musste sie ihm den Befund geben. Na besser früher als später.

Nach zwölf Sitzungen eröffnete ihm Frau Dr. Sternle, dass

sie die Therapie gern fortsetzen würde. Er glaubte erst, sich verhört zu haben. Eigentlich hatte er gehofft, den ganzen Zirkus endlich überstanden zu haben und nun das.

Er hatte den Stammbaum erstellt, über die ewigen Kämpfe seiner Kindheit und über die gehässigen Kollegen gesprochen. Was würde als Nächstes kommen? Tintenkleckse und was sie bedeuten?

Das musste ein Alptraum sein.

Ohne dass er es hätte verhindern können, rannen ihm plötzlich Tränen über das Gesicht.

Leider deutete Sternle seinen Gefühlsausbruch völlig falsch. Während sie ihm ein Papiertaschentuch reichte, sagte sie mitfühlend: „Ja lassen Sie ruhig alles raus. Es ist gut, Gefühle zu zeigen. Tränen spülen die Stresshormone aus dem Körper und die Gedanken werden klarer."

Wenigstens damit hatte sie Recht. Als er sich an diesem Tag verabschiedete, lagen seine Gedanken so klar vor ihm, wie schon lange nicht mehr.

Er musste da raus. Noch zwölf Sitzungen und er würde wirklich eine Macke haben und Stimmen hören.

Natürlich musste ihm wieder dieser Kerl mit seinem Köter über den Weg laufen.

Er setzte ein möglichst finsteres Gesicht auf, um ihn abzuschrecken. Keine Chance.

Der Kerl konnte es nicht lassen.

„Was denn, immer noch nicht besser? Kämpfen Sie dagegen an. Tun Sie etwas dagegen."

Ein aufmunternder Blick und ein Klaps auf die Schulter gaben ihm den Rest. Dann traf ihn die Erkenntnis wie ein

Blitz.

Ja es war an der Zeit, etwas zu unternehmen. So schlecht wie in der letzten Zeit hatte er sich schon lange nicht gefühlt. Und das lag bestimmt nicht an ihm. Die Schuld dafür trug eindeutig Frau Doktor Clarissa Sternle.

Er wusste sofort, was er zu tun hatte.

Die Sternle musste weg. Er musste sie loswerden, um jeden Preis, bevor sie ihn noch in die Klapse brachte. Die war doch eine Gefahr für ihre Patienten. Die meisten waren wahrscheinlich so balla balla, dass sie es nicht merkten? Aber ihm machte die gute Frau Doktor nichts vor.

Jetzt musste er nur noch rausfinden, wie er es anstellen konnte, ohne dass ihn ein Verdacht traf.

Die nächsten Tage war er jede freie Minute mit der Planung von Frau Dr. Sternles überraschendem Ableben beschäftigt.

Selbstmord, fand er, war die ideale Lösung. Nun konnte er sich aber nicht vorstellen, dass es ihm gelingen würde, sie dazu zu überreden. Da würde er wohl nachhelfen müssen.

Als Erstes brauchte er einen Abschiedsbrief.

Lester entschied sich für eine kurze Variante. Zu viel Schmus konnte unglaubwürdig wirken. Es dauerte trotzdem einige Zeit, ehe er die richtigen Worte gefunden hatte. Den Brief tippte er am Laptop und druckte ihn aus.

Ich ertrag es nicht mehr. Das hat doch alles keinen Sinn!

Darunter setzte er ein krakliges *Clarissa*.

Ja, so konnte man es lassen. Es war so allgemein, dass es auf alles passte, egal ob privat oder beruflich. Und eins von beiden würde schon zutreffen.

Die wichtigste Frage aber war noch ungeklärt. Wie würde Frau Doktor ihrem Leben ein Ende setzen?

Er hatte mal gelesen, dass Frauen Gift bevorzugen würden. Oder sie schnitten sich in der Wanne die Pulsadern auf.

Diese beiden Varianten kamen leider nicht in Frage. Sternle würde für ihn sicher kein Bad nehmen. Genau so wenig konnte er ihr unbemerkt Gift verabreichen. Damit kannte er sich auch gar nicht aus.

Das war wirklich eine knifflige Angelegenheit.

Nachdem er zwei Tage damit verbracht hatte, alle ihm bekannten Möglichkeiten durchzugehen, kam ihm endlich die erlösende Idee. Sie war einfach, aber die einfachen Dinge waren oft die Besten.

Ein paar Angewohnheiten von Sternle kamen ihm dabei sogar zugute.

1. Wenn ein Patient zu früh kam, öffnete sie die Tür ihrer Praxis über eine elektronische Anlage, damit sie die laufende Sitzung nicht unterbrechen musste.

2. Die Tür zum Therapieraum ließ sich von außen nur mit einem Schlüssel öffnen, eine Klinke gab es nur innen.

3. Jeder Patient verließ den Therapieraum über eine zweite Tür, die direkt in den Flur führte. So trafen zwei Patienten nicht aufeinander.

4. Sie hielt ihre Sitzungen gern bei geöffnetem Fenster ab. Aus diesen vier Dingen ergab sich folgender Plan:

Er würde etwas früher kommen, damit sie ihn nicht persönlich hereinließ und der vorherige Patient ihm nicht zufällig im Hausflur über den Weg lief.

Wenn sie dann für ihn bereit war und die Tür öffnete,

würde er hineinstürmen und sie, wie ein Footballspieler, sofort zum Fenster drängen. Ehe sie begriff, was da gerade geschah, würde er sie bei ihren Füßen gepackt und einfach über die Fensterbrüstung gekippt haben.

Das war ein guter Plan. Gegen ihn hatte die kleine, schmächtige Frau keine Chance. Nur schnell genug musste er sein.

Danach würde er nur noch den Brief platzieren, ins Wartezimmer gehen, die Tür schließen und warten. Wenn jemand auf der Straße die Leiche fand und die Polizei rief, würde er brav im Wartezimmer sitzen und von nichts wissen.

Den Rest der Woche spielte er seinen Plan immer wieder und wieder durch. Er konnte aber keine Schwachstelle entdecken.

Der Tag war gekommen und alles sah gut aus. Das Wetter war schön – offenes Fenster. Er war überpünktlich und kam sogar ungesehen in die Praxis.

Das Schicksal musste es wirklich gut mit ihm meinen, nicht mal der Kerl mit dem Köter lief ihm heute über den Weg.

Als er ins Wartezimmer kam, war die Tür zum Therapieraum schon geöffnet. Das war eine Abweichung vom Plan. Er würde einfach warten, bis sie ihn persönlich hereinbat. Schließlich musste er sicher sein, dass er sie sofort erwischte.

Er wartete, nichts geschah. Länger zu warten erschien ihm nicht ratsam. Na dann würde er wohl improvisieren müssen.

Hastig streifte er die mitgebrachten Handschuhe über.

Bevor er die Tür ganz öffnete, flüsterte er leise vor sich

hin: „Bereit, wenn Sie es sind!"

Er stieß die Tür auf und stutzte. Der Raum war leer.

Wo war sie? Auf der Toilette? Auch Psychiater mussten mal aufs Klo.

Enttäuschung machte sich breit. Für heute musste er seinen Plan vergessen. Die Sekunden verstrichen und noch immer stand er allein da.

Gedankenverloren ging er durchs Zimmer. Ein Windstoß fegte die Tür mit einem Knall zu. Er schrak heftig zusammen. Das hatte sich wie ein Schuss angehört.

Jetzt wurde ihm aber langsam richtig unwohl.

Besser er schloss das Fenster.

Gerade als er es tun wollte, ertönte auf der Straße ein markerschütternder Schrei. Erschrocken beugte er sich über die Brüstung.

Vor dem Haus stand eine Frau, sie musste geschrien haben. Völlig aufgelöst deutete sie auf etwas unter dem Fenster. Als Lester sich noch etwas weiter hinauslehnte, sah er, was es war.

Auf dem grauen Beton des hauseigenen Stellplatzes lag der seltsam verbogene Körper von Frau Dr. Sternle. Die Haare bildeten einen lockigen Kranz um die Stelle, die ihr Kopf war. Die Pumps lagen neben den grotesk angewinkelten Beinen und das bordeauxrot ihrer Bluse vermischte sich mit dem Rot des immer größer werdenden Flecks ihres sich ausbreitenden Blutes.

Lester war außerstande sich zu bewegen. Zumindest, bis die Frau erneut aufschrie. Doch dieses Mal galt ihr Schreien nicht Sternle. Ihre Hand ging nach oben und zeigte auf Lester.

„Da oben ist er! Der war es!"

Die inzwischen herbeigeeilten Menschen richteten ihre Blicke nach oben. Handys wurden wie geladene Waffen auf ihn gerichtet und von fern hörte man erstes Sirenengeheul.

Jetzt erst löste sich die Starre in Lester und er zog den Kopf zurück.

Kopflos lief er auf und ab. Was jetzt? Weglaufen? Die Leute da unten hielten ihn doch für einen Mörder. Die würden ihn niemals durchlassen. Trotzdem, er musste es versuchen.

Er lief zurück ins Wartezimmer und lief zur Eingangstür. Im Hausflur hörte er wütendes Bellen.

Der Köter!

Er saß in der Falle. Im Flur warteten der Kerl und sein Hund und die Polizei war sicher auch gleich da. Er konnte nicht mal mehr zurück ins Therapiezimmer und sich auch aus dem Fenster stürzen, weil die Tür sich wieder geschlossen hatte.

Resignierend ließ er sich auf einen Stuhl fallen. Keine Chance, dass man ihm seine Unschuld glauben würde.

Die Tür flog auf und zwei Polizisten stürmten das Wartezimmer. Sofort wurde Lester überwältigt und auf den Boden geworfen.

Er wurde wieder hochgehoben, bekam Handschellen angelegt und wurde abgeführt. Alles was dann passierte, nahm er nur noch wie durch einen Nebel wahr.

In einem trostlosen Raum kam er langsam wieder zu sich. Wenigstens trug er die Handschellen nicht mehr.

Ein Mann kam herein und setzte sich ihm gegenüber.

„Ich bin Hauptkommissar Winkler", begann er die

Unterhaltung.

„Herr Lester, wissen Sie, warum Sie hier sind?"

„Frau Dr. Sternle ist tot, aus dem Fenster gesprungen."

„Genau das ist die Frage. Ist sie gesprungen oder haben Sie sie gestoßen?"

Auf einen Schlag wurde Lester munter.

„Das war ich doch nicht. Sie ist doch meine Ärztin. Warum sollte ich ihr so was antun?"

„Sagen Sie es mir, Herr Lester."

„Ich war das nicht", wiederholte Lester und betonte jedes Wort.

„Als ich in die Praxis kam, war sie schon …", er stockte.

„Na sie lag da schon unten. Das müssen Sie mir glauben."

„Also ich weiß nicht was ich glauben soll. Eine Zeugin hat sie am Fenster gesehen, Sekunden nach dem sie den Aufschlag des Körpers gehört hat. Ein Nachbar von Frau Dr. Sternle, der seinen Hund ausführte, sah Sie nur Minuten davor das Haus betreten. Als die Polizei eintraf waren Sie allein in der Praxis, die man nur nach Betätigung des Türöffners betreten kann. Sie trugen Handschuhe und wir fanden in ihrer Tasche einen mit Clarissa unterzeichneten Abschiedsbrief."

Oh Schitt, der Brief! Den hatte er total vergessen und die Handschuhe auch.

„Der Brief ist nicht von Frau Dr. Sternle", versuchte er zu erklären.

„Das wissen wir. Ihrer lag nämlich noch auf dem Schreibtisch. Trotzdem möchte ich gerne wissen, wieso Sie einen offensichtlich gefälschten Abschiedsbrief von Frau Dr. Sternle mit sich herumtragen?"

Lester brach zusammen. Er gestand alles von Anfang an. Seine Beichte dauerte über eine Stunde und danach war Winkler erst einmal sprachlos.

Ohne ein Wort zu sagen stand er auf, ging hinaus und ließ den verdutzten Lester zurück.

Die Geschichte des Verdächtigen war so irrwitzig, dass sie schon wieder glaubwürdig war. Seiner Erfahrung nach waren Lügen nie so kompliziert und so, er konnte es nicht anders ausdrücken, bescheuert. Auch wenn alles zunächst auf Lester hingedeutet hatte, er kam als Täter wohl doch nicht in Frage.

Zurück an seinem Schreibtisch, blätterte Winkler in Sternles Kalender.

Lester hatte heute wirklich, wie angegeben, einen Termin bei ihr. Davor war der Name T. Klein eingetragen.

Der stand nun als nächster auf seiner Befragungsliste.

Ein Polizist stellte zwei Kartons vor Winkler ab, darin die Patientenakten aus dem Schreibtisch.

Winkler suchte und fand die Akte von T. Klein.

Sternle hatte sich einiges notiert, aber in ihrer eigenen Kurzschrift und mit Verschlüsselungen. Damit konnte er nichts anfangen. Erst auf der letzten Seite stand das Wort STALKING, dahinter war ein Fragezeichen gesetzt.

Das konnte einiges bedeuten. Entweder wurde T. Klein gestalkt, oder stalkte selbst jemanden, vielleicht sogar Sternle. Doch Stalker waren Heimlichtuer, sie beobachteten lieber und wurden nur sehr selten gewalttätig. Allerdings war Sternle sicher kein normales Stalkingobjekt. Sie war Psychiaterin und T. Klein ihr Patient oder ihre Patientin.

Wenn also Sternle das Opfer gewesen war und T. Klein damit

konfrontiert hatte, konnte es durchaus zur Eskalation gekommen sein.

Er musste mit T. Klein reden.

Das Telefon klingelte und die Kriminaltechnik war dran. Man hatte Fingerabdrücke am Fensterrahmen gefunden und Haare an Sternles Körper. Die Fingerabdrücke waren nicht Lesters und die Haare passten auch nicht, es waren Tierhaare. Winkler hörte weiter zu und seine Miene hellte sich auf. Das war ja interessant. Schnell sah er in seine Notizen und fand seien Verdacht bestätigt.

Lester würde noch mal mit einem blauen Auge davonkommen. Für seine Gedanken konnte zum Glück niemand bestraft werden. Trotzdem ersparte Winkler ihm ein paar passende Worte nicht, als er ihn gehen ließ.

Die wären aber gar nicht mehr nötig gewesen. Lester war geheilt und zwar im wahrsten Sinne des Wortes. Von diesem Tag an klagte er nie wieder über Unwohlsein.

Arztbesuche wurden zur absoluten Seltenheit und als seine Kollegen mal wieder einen trinken gehen wollten, schloss er sich an und gab sogar ein paar Runden aus.

Er erfuhr nie, was an jenem Tag wirklich mit Sternle geschehen war, wollte es auch gar nicht wissen.

Winkler schon und deshalb fuhr er nochmals in die Goethestraße. Er klingelte an der Wohnung unter der Praxis. Der Mann, der ihm öffnete, lächelte freundlich als er Winkler erkannte. Er bat den Hauptkommissar herein und sofort wurden beide von einem munteren Yorkscher Terrier angebellt.

Winkler beugte sich zu dem lebhaften Tier und begann es zu kraulen, worauf das Bellen aufhörte. Dann wandte er sich an den Besitzer.

„Ich nehme nicht an, dass Sie Ihren Hund zu ihrem Termin heute bei Frau Dr. Sternle mitgenommen haben, oder Herr Klein?"

Als die Antwort ausblieb, fügte er hinzu: „Hundehaare können übrigens auch von Kleidung zu Kleidung übertragen werden, wussten Sie das? Und wir können sogar feststellen von welchem Hund die Haare stammen."

Nachdem Klein seinen Hund zu einer Nachbarin gebracht hatte, kam er freiwillig mit zum Revier und legte ein umfassendes Geständnis ab.

T. Klein, der Mann mit dem Terrier, war nicht nur ein Hausbewohner, sondern auch Patient bei Frau Dr. Sternle gewesen. Das hatte ihn nicht daran gehindert, ihr immer wieder Avancen zu machen. Als seine Ärztin hatte sie natürlich alle seine Annäherungsversuche strikt zurückgewiesen, was ihn schließlich so eifersüchtig gemacht hatte, dass er in Lester einen Rivalen zu vermuten begann.

An jenem Tag wollte er schließlich beide bestrafen.

Er hatte sich während seiner Sitzung ans Fenster gestellt und gewartet, dass Lester auftauchte. Kaum hatte der das Haus betreten, hatte er Sternle mit dem Ruf: „Oh mein Gott, sehen Sie doch. Da will einer springen", ans Fenster gelockt und sie hinuntergestoßen.

Danach musste er nur noch den ersten falschen Brief auf den Schreibtisch legen, warten, bis Lester im Wartezimmer war und konnte dann den Therapieraum ungesehen durch die zweite Tür verlassen.

Da er Lester die Tat in die Schuhe schieben wollte, baute

er sich vor der Tür im Hausflur auf und ließ den Hund bellen.

Wie hätte er ahnen können, dass ausgerechnet sein vermeintlicher Rivale ihm an dem Tag die Arbeit abnehmen wollte. Aber das war etwas, was er nie erfuhr.

So blieb Hauptkommissar Winkler der einzige, der die ganze Geschichte kannte, außer mir und Ihnen.

Selbstmord, der

Substantiv, Maskulinum

Selbstmord ist defacto gar nicht möglich. Um einen Mord zu begehen, muss man exakt definierte Merkmale erfüllen. Im § 221, Absatz 2 des Strafgesetzbuches heißt es:

„Mörder ist, wer aus Mordlust, zur Befriedigung des Geschlechtstriebes, aus Habgier oder sonst aus niedrigen Beweggründen, heimtückisch oder grausam oder mit gemeingefährlichen Mitteln oder um eine andere Straftat zu ermöglichen oder zu verdecken, einen Menschen tötet.“

Schon nach kurzer Überlegung werden Sie merken, es passt vorn und hinten nicht. Reden wir also zukünftig lieber von Suizid.

Und was ist mit der guten Frau Dr. Sternle?

Also gleich mal vorweg, wir haben nichts gegen Psychiater und wir distanzieren uns von der allgemeinen Meinung, dass sie genauso verrückt sind wie ihre Patienten.

Unser Opfer hätte auch ein Zahnarzt sein können. Wenn man sich überlegt, was die ihren Patienten alles so antun. Aber das wird vielleicht eine andere Geschichte.

Zurück zu Dr. Sternle.

Lester plant einen Selbstmord, Entschuldigung *Suizid*.

Klein will, dass es nur auf den ersten Blick so aussieht. Er will, dass Lester als Mörder dasteht. Was für ein Kuddelmuddel.

Tja, man kann so böse sein, wie man will, man muss immer damit rechnen, dass ein anderer genauso oder noch viel böser als man selber ist.

Lassen Sie also lieber die Finger vom vorgetäuschten *Suizid*, wenn Sie mal jemanden... Na sie wissen schon.

Edith & Otto

Die wahre Geschichte
Sylvie Braesi

Edith musste sich beeilen. Sie hatte eine Verabredung mit Otto und der mochte es nicht, wenn sie zu spät kam. Sie konnte seinen vorwurfsvollen Blick förmlich fühlen. In jedem anderen Punkt konnte er so versöhnlich sein, nur nicht bei der Pünktlichkeit.

Für einen Moment blieb sie stehen, um zu verschnaufen. Die Sonne stand tief und das brachte sie zum Blinzeln.

„Ach Otto", seufzte sie leise mit einem müden Lächeln.

Zum ersten Mal waren sie sich an einem Sonntagnachmittag im Ausflugslokal *Lindenhof* begegnet. Sie hatte sich von ihrer Freundin Adelheid überreden lassen, dorthin zu gehen.

Was war er nur für ein schneidiger Kerl gewesen, wie er da so neben dem Musikpavillon stand, das Jackett lässig über die Schulter geworfen und eine Hand in der Hosentasche. Für sie war sofort klar, er war der Richtige.

Mit gleichmütiger Miene hatte er seinen Blick umherschweifen lassen. Als seine Augen sie erfassten, hatte Edith ihm ihr strahlendstes Lächeln geschenkt. Doch sein Blick war einfach weitergezogen. Er hatte sich umgedreht und war mit seinen Freunden an die Theke gegangen.

Noch heute konnte sie sich gut an das Gefühl erinnern, dass sie in diesem Moment ergriff. Es war wie ein Stein in ihrer Brust.

Adelheid hatte sie, vergnügt kichernd, auf die Tanzfläche gezogen, doch ihre Augen suchten nur nach ihm.

Später, als sie an einem der Gartentische saßen, hatte sie nur stumm vor sich hin gegrübelt, wie sie es schaffen konnte, mit ihm ins Gespräch zu kommen. Adelheid verlor schließlich die Lust an ihrer einseitigen Konversation und war aufgestanden.

„Ich geh' mich mal umsehen, wer noch hier ist", hatte sie gesagt.

Nach einer halben Stunde kam sie wieder, mit Getränken und ihrem Traummann.

„Das ist Otto Kaiser, er möchte uns auf ein Glas Wein einladen", stellte Adelheid ihn vor.

Edith war so erschrocken gewesen, dass sie kein Wort rausbrachte. Wie hatte Adelheid das nur geschafft?

Erst langsam fing sie an zu begreifen, dass Adelheid selbst ein Auge auf Otto geworfen hatte. Sie flirtete schamlos mit ihm und der arme Kerl hatte keine Chance, sich dagegen zu wehren.

Als sich die beiden am Abend von ihr verabschiedeten, lag ihre Welt in Scherben. Wie hatte sie sich nur so in Adelheid täuschen können. Und sowas nannte sich beste Freundin.

Edith hatte gute Miene zu bösem Spiel gemacht und den ganzen Sommer das fünfte Rad am Wagen gespielt. Vielleicht würde Otto ja doch noch erkennen, wer seine wirkliche große Liebe war. Sie musste nur geduldig sein.

An einem heißen Nachmittag im August waren sie gemeinsam mit den Rädern zum Baden an den Barleber See gefahren. Edith liebte das Schwimmen, während Adelheid sich lieber nur im flachen Wasser aufhielt.

Otto startete einen Versuch ganz über den See zu schwimmen. Als er schon über die Hälfte geschafft hatte, machte sie Adelheid den Vorschlag, Otto entgegen zu schwimmen.

Adelheid fühlte sich nicht ganz wohl, doch die beruhigenden Worte ihrer Freundin, sie würde doch in ihrer Nähe bleiben und auf sie aufpassen, überredeten sie schließlich.

Weit genug weg vom Ufer und den anderen Badegästen, verließen Adelheid, wie erwartet, die Kräfte. Die weit aufgerissenen Augen und ein leises "Edith?", waren das letzte Lebenszeichen von Adelheid, bevor ihr Kopf im Wasser untertauchte und verschwand.

Wie schnell und lautlos doch ein Mensch ertrank, stellte Edith erstaunt fest. Kein Strampeln, kein Rufen, nur ein leichtes Kräuseln auf der Wasseroberfläche.

Nach einer kurzen Weile schwamm sie zu der Stelle und fing an zu rufen, nach Adelheid, nach Otto und um Hilfe.

Erst ein paar Tagen später war die Leiche von Adelheid gefunden worden.

Tod durch Ertrinken.

Otto war außer sich vor Trauer und Edith wich nicht von seiner Seite, wurde seine Trösterin, seine Stütze und schließlich, nach einer angemessenen Zeit, seine Frau.

*

Das war jetzt über fünfzig Jahre her und ihre Ehe konnte durchaus als glücklich bezeichnet werden. Alles hatten sie gemeinsam gemacht, die Arbeit in der eigenen Apotheke, der Bau ihres Häuschens, das Sparen für den Wartburg und die

Urlaubsreisen. Nur Kinder waren ihnen versagt geblieben. Aber solange Otto bei ihr war, hatte sie, was sie wollte. Man konnte eben nicht alles haben.

Wenn sie so zurückdachte, fielen ihr aber auch die weniger guten Zeiten ein. Otto war ein attraktiver Mann, wogegen sie eher wie ein schüchternes Mauerblümchen aussah.

Sie hatte die begehrliche Blicke und das Tuscheln hinter vorgehaltener Hand der anderen Frauen wohl bemerkt.

Was findet ein toller Mann wie er nur an so einer unscheinbaren Frau. Der könnte doch ganz andere Frauen haben.

Na, da hatte sie noch ein Wörtchen mitzureden. Otto war ihr Mann und würde es immer bleiben. Wehe, wenn eine andere Frau sich einbildete, ihr den Mann ausspannen zu können, wie Ella Schönfeld zum Beispiel.

Kurz nach der Übernahme der kleinen Apotheke in Sudenburg kam Ella zu ihnen ins Geschäft. Sie war fleißig, sehr geschickt im Umgang mit den Kunden und ihr lebenslustiges Wesen wirkte ansteckend.

Alles lief bestens, bis Edith eines Tages auffiel, dass Ella oft noch länger arbeitete und das ohne Bezahlung. Mal mussten noch Arzneimittel für Rezepte hergestellt werden, mal war eine Inventur zu machen oder die Regale aufzufüllen.

Da Ella keinen Schlüssel für die Apotheke besaß, blieb Otto auch länger und manchmal erledigten sie die Arbeiten zusammen. Edith brachte ihnen, wenn es spät wurde, eine Thermoskanne Kaffee und belegte Brote.

Natürlich wusste Edith, was wirklich dahintersteckte. Dieses kleine Miststück wollte ihren Mann verführen. Und der liebe, naive Otto durchschaute ihr Spiel natürlich nicht. Aber er würde es schon noch begreifen. Zunächst würde sie mit Ella mal von Frau zu Frau sprechen. Ihr klarmachen, dass sie ihr Glück woanders suchen musste. Das tat sie auch.

Sie redeten bei einer Tasse Kaffee über Ellas Zukunftspläne und ihre Arbeit in der Kaiser Apotheke. Auch wenn Ella sich über das plötzliche Interesse ihrer Chefin wunderte, sie beantwortete alle Fragen gern.

Ja sie war mit ihrer Arbeit sehr zufrieden und nein sie wollte nicht woanders arbeiten, wo doch alle hier so nett zu ihr waren.

Na das würde man noch sehen.

Eines Abends war Ella wieder länger in der Apotheke geblieben. Edith und Otto hatten Karten für die Premiere von *La Traviata* im Maxim-Gorki-Theater, also musste Ella allein arbeiten. Fürsorglich, wie sie nun mal war, hatte Edith auch diesmal für ein Abendbrot gesorgt.

Es war eine grandiose Aufführung, mit bravourösen Stimmen und wunderschönen Kostümen. Edith schwärmte den ganzen Weg nach Hause noch davon.

Otto wollte eigentlich noch in der Apotheke nach dem Rechten sehen, aber von Ediths Geplapper hatte er Kopfschmerzen bekommen und verwarf die Idee. Auf die Idee, dass seine Kopfschmerzen von einer gewissen Zutat in seinem Glas Sekt stammen könnten, kam er nicht.

Am nächsten Morgen war er immer noch nicht auf der Höhe und Edith ging allein ins Geschäft. Sie fand Ella tot im Labor.

Bevor sie die Polizei rief, spülte sie Tasse und Thermoskanne gründlich aus, füllte sie mit anderem kalten Kaffee und legte ein paar Pillen in Ellas Hand. Jetzt fehlte nur noch der kurze, mit viel Geschick gefälschte Brief dazu und alles war perfekt.

Die Polizei stellte fest, dass Ella Selbstmord begangen hatte. Im Brief gestand sie ihre Liebe zu Otto, und dass sie ohne ihn nicht weiterleben könne. Aber sie wüsste, dass er sich nie von seiner Frau trennen würde, denn sie liebe er über alles.

Mit ihrer Aussage, über ihrer beider Gespräch, bekräftigte Edith die Erkenntnisse der Polizei.

Otto war wieder mal außer sich vor Trauer und ab sofort wurde nur noch männliches Personal angestellt.

*

Edith schüttelte den Kopf.

Du sollst nicht begehren deines Nächsten Weib.

Pah, und was war mit den Männern? Konnten sich diese Frauen nicht eigene Männer suchen, solche die nicht verheiratet waren oder wenigstens geschieden?

Immer wieder waren sie hinter Otto her gewesen. Die albern kichernde Gudrun Krüger, die arrogante Doktersche, die Witwe Brömse, die auch noch eine Stammkundin gewesen war und noch einige mehr.

Naja, sie hat sie alle in die Schranken verwiesen. Bis auf die Postbotin.

Die kam zufälligerweise immer dann, wenn Otto im Laden war. Als ob das nicht auffallen würde. Ein paar Tage, bevor

Edith sich der Sache annehmen konnte, war die gute *Christel von der Post* versetzt worden und damit ihrem Schicksal entgangen. Aber das würde sie nie erfahren.

*

Die Jahre vergingen und sie gaben das Geschäft auf. Sie verkauften die Apotheke, die nun zu einem Café umgebaut wurde und zogen sich auf ihr Grundstück zurück. Haus und Garten wurden zu ihrer kleinen Welt.

Sie bekamen kaum Besuch. Die Freunde waren entweder weggezogen oder verstorben. Sie gingen auch nicht mehr so oft aus.

Edith konnte aufatmen.

Eines Tages machte Otto den Vorschlag, ob sie nicht lieber in eine schöne Seniorenresidenz ziehen sollten. Haus und Garten wurden langsam zur Last und mit zunehmendem Alter würde es sicher noch schlimmer werden.

Edith sträubte sich anfangs sehr dagegen. Sie sollte ihren geliebten Garten aufgeben? Niemals! Hier wuchsen ihre Kräuter und Pflanzen, die sie all die Jahre gehegt und gepflegt, manches Mal auch genutzt hatte.

Über kurz oder lang hatte Otto sich schließlich durchgesetzt. Edith konnte ihm einfach nichts abschlagen. Geduldig hatte sie sich mit ihm die Prospekte angesehen, war zu Besichtigungen mitgefahren und war schließlich einverstanden mit seinem Plan.

Grundstück und Häuschen wurden zu einem sehr guten Preis verkauft und so konnten sie sich ein sehr exklusives Domizil aussuchen.

Die Anlage, am Rande der Stadt, war so idyllisch gelegen,

dass sogar sie nichts dagegen sagen konnte. Das Haus, in dem sie eine kleine altersgerechte Wohnung mieteten, lag an einem See mit angrenzendem Wäldchen. Otto hatte sogar darauf geachtet, dass sie eine Wohnung im Erdgeschoss bekamen, mit einer Terrasse und etwas Grün daran. Hierher konnte Edith wenigstens ein paar ihrer Pflanzen mitnehmen.

Ein Shuttleservice fuhr mehrmals täglich in die Stadt und zurück, es gab Ausflüge, Veranstaltungsangebote von Tanztee bis Bingo, einen Minigolfplatz und ein hauseigenes Schwimmbad mit Beautycenter.

Das alles gefiel Edith wirklich sehr. Es gab nur eine Sache, die ihr fehlte, die stille Zweisamkeit mit Otto.

Hier waren sie ständig von Leuten umgeben, nie hatten sie einen Moment für sich allein. Seit Neustem wollte Otto sogar die Mahlzeiten im hauseigenen Restaurant einnehmen. Er wollte mit den anderen essen, wurde gesellig und verbrachte immer mehr Zeit mit Fremden. Keine Veranstaltung ließ er aus und lebte förmlich auf.

Nach ein paar Wochen musste Edith einsehen, dass sie sich geirrt hatte.

Während Otto alles war, was sie je gewollt hatte, konnte er sich nicht mit dem zufrieden geben, was er von ihr bekam. Nicht die Frauen waren das Problem gewesen, Otto war es. Die Flirts und Annäherungsversuche, die sie den Frauen zugeschrieben hatte, waren in Wirklichkeit von ihm ausgegangen. Seine große und einzige Liebe zu sein, war nichts weiter als eine große Illusion. Das brachte sie zu der schmerzlichen Erkenntnis, dass Otto, ihr Otto, niemals nur ihr gehören würde, denn sie konnte ja nicht alle Frauen aus dem Weg räumen. Sie überlegte, was sie tun konnte. Na das, was sie immer getan hatte.

Wann immer ein Problem aufgetaucht war, hatte sie sich darum gekümmert. Und wenn Otto das Problem war, dann musste sie sich eben um ihn kümmern. Dann und nur dann würde er für immer ihr gehören.

Jetzt war sie auf dem Weg zu ihm und sie würde sogar pünktlich sein.

Der Kies unter ihren Füssen knirschte. Das Geräusch erinnerte sie an die Kieswege in ihrem Garten. Nach einer letzten Biegung sah sie ihn.

„Hallo Otto", sagte sie lächelnd. „Da bin ich wieder. Hast Du mich vermisst?"

Es kam keine Antwort und sie hatte ja auch keine erwartet.

Müde vom langen Weg setzte sie sich auf die Bank, die sie extra hatte aufstellen lassen.

Sie sah zu ihm hinüber.

Otto Kaiser, geb. 18. Juni 1936, gest. 03. Mai 2018, so stand es in weißer, fein geschwungener Schrift auf dem dunklen Grabstein.

Darunter stand ihr Name, Edith Kaiser, alles andere fehlte noch. Aber so war es klar, dass sie zu ihm gehörte, für immer.

In den letzten Wochen war sie jeden Tag zu ihm gekommen und hatte mit ihm geredet. Es tat ihr so gut, das zu tun und sie konnte sich seiner Aufmerksamkeit ja gewiss sein. So redete sie sich nach und nach alles von der Seele. Man nannte das wohl eine Lebensbeichte.

Gestern hatte sie ihm endlich erzählt, was wirklich mit

ihm passiert war.

Ja, er hatte einen Herzinfarkt gehabt, aber die Ursache war nicht nur sein angeschlagenes Herz gewesen. Hatte er wirklich nichts von der zusätzlichen Dosis Digitalis bemerkt, er als Apotheker?

Für den hauseigenen Arzt war es eine klare Sache gewesen. Ein Mann von 81 Jahren, viele Jahre herzkrank, hatte einen Herzinfarkt gehabt.

Niemand wunderte sich oder guckt sie misstrauisch an. So etwas gehörte leider zum Leben dazu, besonders in einer Seniorenwohnanlage.

Edith lehnte sich zurück. Es war alles besprochen. Morgen würde sie nicht mehr kommen.

Sie sah nach oben. Die Sonne verschwand langsam hinter dem Horizont und das bedeutete, sie musste sich beeilen. Heute war Bingo Abend und den versäumte sie nie. Wenn sie dort nicht auftauchte, würde man sich sicher Sorgen machen und sie suchen gehen. Hoffentlich blieb noch genug Zeit.

Langsam öffnete sie den Verschluss der Thermoskanne.

*

Eine Stunde später hastete im Schein einer Taschenlampe ein Mann den Friedhofsweg entlang. Auf einem Plan hatte man ihm den Weg eingezeichnet, dem er folgen sollte. Gleich musste der Kiesweg kommen.

Er konnte kaum das Grab erkennen, nur die weiße Schrift leuchtete im Schein der Taschenlampe auf. Als er ganz nah war, erkannte er die Umrisse einer Bank und darauf eine weibliche Gestalt. Sie war zur Seite gesunken und lag mit

119

dem Oberkörper auf der Bank. Er war zu spät gekommen.

Vorsichtig näherte sich Hauptkommissar Winkler der Bank und leuchtete das Gesicht der Frau an.

Sie sah aus wie die Frau auf dem Bild, welches ihm der aufgeregte Manager der Wohnanlage in die Hand gedrückt hatte. Das war also Edith Kaiser. Die Frau, die in ihrer Wohnung einen Abschiedsbrief hinterlassen hatte, in dem sie 12 Morde gestand, einschließlich den an ihrem Mann.

Winkler war immer wieder fasziniert davon, in welch unscheinbarer Aufmachung die schlimmsten Verbrecher daherkamen.

Er beugte sich vor und entdeckte neben der Frau eine geöffnete Thermoskanne und einen Kaffeebecher. Die Thermoskanne war voll, der Becher unbenutzt, aber damit sollte sich die Kriminaltechnik befassen.

Winkler zückte sein Smartphone und setzte die Maschinerie in Gange. Schon bald war der Tatort abgesperrt und gut ausgeleuchtet. In dem mit Flatterband abgesperrten Bereich sah man Gestalten in weißen Ganzkörperoveralls herumlaufen, Markierungen und Tatortkärtchen verteilen. Fotos wurden gemacht, Spuren gesammelt usw. Winkler kannte das und wusste, dass er sich auf die Kollegen verlassen konnte. Seine Aufgabe war es, dem Manager die traurige Nachricht zu überbringen. Winkler wusste es zu dem Zeitpunkt noch nicht, aber die Obduktion würde ergeben, dass Edith Kaiser durch plötzliches Herzversagen gestorben war.

Dass der Inhalt der Thermoskanne außer Kaffee auch noch Digitalis enthielt, spielte keine Rolle. Sie war nicht mehr dazu gekommen, etwas davon zu trinken.

Eifersucht, die

*Zusammengesetztes Substantiv, Femininum
(althochdeutsch eiver = das Herbe, Bittere, Erbitterung
und althochdeutsch suht = Krankheit, Seuche),
erste Erwähnung im 16. Jahrhundert*

Einfacher ausgedrückt: Eifersucht ist eine Leidenschaft, die mit Eifer sucht, was Leiden schafft. Ein beliebtes Mordmotiv ist sie außerdem.

Hier war sie leider fehlgeleitet mit tödlichen Folgen und sehr lange ohne Aufdeckung. Als Apothekerin brachte Edith natürlich die besten Voraussetzungen für ihre Taten mit.

Das könnte vielleicht ein Grund sein, sich die nächste Werbung der Onlineapotheken doch mal anzusehen.

Vielleicht hätte Edith sich um ihren Gatten kümmern sollen, bevor sie die vermeintlichen Ehebrecherinnen beseitigte.

Darum kann ich nur immer wieder raten, lange genug zu überlegen, es spart Zeit und schont die Ressourcen.

Zum Thema Gift hier noch ein paar Anmerkungen.

Kleine Geschichten aus der Geschichte

Das älteste Mittel der Wahl, wenn der Ehemann nicht spuren sollte, der Chef mal wieder die Beförderung vergessen hat oder der Nachbar versucht, das Gitarrenspiel zu erlernen. Seit jeher ein bevorzugtes weibliches Mordinstrument.
Stimmt das?

Berühmte Giftmischerinnen, wie die Marquise von Brinvilliers, die 1676 Teile ihrer Familie als entbehrlich einstufte und zum Gifttrunk griff oder die Witwe Kruschwitz, die um das Jahr 1869 nicht umsonst die Witwe Kruschwitz genannt wurde, lassen das vermuten.

Ob Sokrates der Becher mit dem giftigen Schierlingskraut gereicht wurde oder er es selbst einnahm, bleibt im Dunkel der Geschichte für immer verborgen.

Und wenn wir uns den etwas irren römischen Kaiser Nero betrachten, der das Giftmischerhandwerk von seiner lieben Mutter Agrippina erlernte, können wir letztendlich sagen, es gibt auch auf männlicher Seite den ein oder anderen Freund des Chemiebaukastens.

Und schließlich wissen wir, dass diverse Geheimdienste dieser schönen Erde gern einmal in die Trickkiste greifen und sich des Gegners mit bunten Flüssigkeiten entledigen.

Paracelsus meinte dazu: „*Alle Dinge sind Gift und nichts ist ohn' Gift; allein die Dosis macht, dass ein Ding kein Gift ist.*"

Makaber, dass der arme Paracelsus wahrscheinlich im 47ten Jahr an einem Gift starb.

Bedenken Sie auf jeden Fall, je weiter die Zeit fortgeschritten ist, je schneller können heutzutage arbeitsame fleißige Rechtsmediziner die verwendeten Gifte nachweisen. Also vielleicht die Wahl der Waffe nochmals gründlich überdenken.

Das hätten wir auch den Geschwistern Abby und Martha Brewster geraten.

Die beiden liebenswürdigen alten weißhaarigen Damen wollten nur Gutes tun. Sie hatten seit langer Zeit schon das Leid einsamer Herren vor Augen in ihrer gemeinsamen kleinen Pension.

Da machte es Sinn, diese Herren von diesem unsäglichen Leid zu erlösen.

Wein war im Haus; ein Quäntchen Arsen, ein Löffelchen Zyankali und noch etwas Strychnin, der Cocktail konnte serviert werden. So befreiten die Damen einsame Herren von der Mühsal des Lebens.

Sie können sich das nicht vorstellen? Jemand konnte es. Joseph Kesselring schrieb das Theaterstück *Arsen und Spitzenhäubchen* und hatte einen Wahnsinnserfolg.

Das zeigt wieder einmal das Interesse an diesen vermaledeiten Giften!

Aber bevor Sie nun bei einem der diversen Online Shops nach Chemiebaukästen suchen, beim Apotheker an der Ecke nachfragen, ob es Digitoxin (ein aus dem Fingerhut gewonnenes Mittel für das liebe Herz) ohne Rezept gibt oder Sie in einem Gartencenter nach Tollkirsche oder Schierling fragen, sollten Sie folgendes bedenken:

Wenn Sie unbedingt in die Annalen der Giftmischerbranche aufgenommen werden wollen, werden Sie doch lieber Autor!

Dann schaffen Sie es vielleicht, anstatt nach Singsing oder auf dem vom E-Werk unterstützten Stuhl sitzen und auf den Blitz warten zu müssen, bis nach Hollywood. Und sie bekommen sogar noch Geld dafür. Ist doch was.

Kleine Enzyklopädie der bösen Gifte

Bevor wir zu den bösen Giften kommen, sehen wir uns doch einmal den Beruf des Gärtners an.

Seit jeher in der Literatur verdammt als derjenige, der immer eine passende Pflanze für den ungeliebten Boss oder dessen zänkische Gemahlin oder beide vorweisen konnte. Der gut gepflegte Garten hat das ein oder andere Kraut im Angebot, ohne dafür lange Strecken zurücklegen zu müssen oder dumme Fragen im Gartencenter beantworten zu müssen.

Aber ich verrate kein Geheimnis, wenn ich sage, der Gärtner ist meistens nicht der Mörder, genauso wenig wie der Butler.

Im schönen englischen Torquay, dem Geburtsort der Lady of Crime Agatha Christie, wurde von einer Gartenenthusiastin ein Garten der besonderen Art angelegt.

Hier vereinen sich auf den Beeten all die Giftpflanzen, die in den Büchern der Lady Agatha eine Rolle gespielt hatten.

Gern setzte sie Blausäure ein, dass aus Pfirsichkernen gewonnen wird. Aber eins nach dem anderen.

Der wohl überlegte Garten hat eine Menge zu bieten.

Roter Fingerhut (Digitalis). Man sieht es der schönen Blume nicht an. Schon der Verzehr von zwei Blättern kann tödlich enden. Giftig sind alle Teile der Pflanze, daher ist Vorsicht geboten.

Mohn (Papaver). Opium und Morphin sind wohl jedem ein Begriff. Morphin wurde bereits um 1805 eingesetzt, um Schmerzen zu lindern. Der Gebrauch von Opium, dem Geißel der Menschheit im 19. Jahrhundert, dagegen war eine ganz andere Erscheinung und forderte viele Opfer. Aber schon viel früher war den alten Sumerern, den Ägyptern und den Römern beispielsweise bekannt, dass man mit dem gewonnenen Milchsaft aus dieser Pflanze eine tolle Orgie zu feiern verstand. Na dann, Salve Cäsar!

Bilsenkraut (Hyoscyamus). Man bezeichnete diese hübsche Pflanze auch als Hexenkraut, womit im Prinzip alle Messen gesungen sind, wenn mir der Vergleich erlaubt ist. Man kennt es auch unter dem Namen Atropin.

Schwarze Tollkirsche (Belladonna). Wenn man diese Früchte ohne nachzudenken verzehrt, kann es schon passieren, dass Sie Ihre verstorbene Großtante Adelheit plötzlich treffen, die mit Ihnen Skat spielen will. Tollkirsche, wie der Name sagt, macht Sie toll und führt zu Halluzinationen. Man sollte diesen Vertreter der Flora nur mit Handschuhen berühren.

Tabakpflanze (Nicotiana). Unweigerlich werden die Rauchverzehrer unter uns nun die Augen verdrehen und abwinken. Ja, wir kennen die schädlichen Wirkungen des Nicotins. Wirklich? Das Berühren sämtlicher Pflanzenteile kann zu Übelkeit, Erbrechen, Herzrhythmusstörungen, bis hin zur Atemlähmung führen. Bei einigen Plantagenarbeitern traten deshalb schon Vergiftungen auf. Soviel zu dem beliebtesten Gift der Menschheit. Ja, selbst Gandalf der Graue hatte nichts gegen ein Pfeifchen mit dem guten alten Tobikraut aus dem Auenland.

Eisenhut (Aconitum). Blau blüht der Eisenhut und ist so beliebt in den Gärten. Wussten Sie, dass er zu den giftigsten Pflanzen Europas gehört? Bei Gartenarbeiten deshalb unbedingt Handschuhe tragen. Das Gift ist gemein und kommt ganz still und heimlich durch die Haut geschlichen.

Dann wäre da noch zu bedenken: Die Sache mit der Verwechslungsgefahr. Gifte werden ja gern mit dem Essen oder in Getränken verabreicht. Nun stehen Sie da vor Ihren Gästen und sehen zweifelnd auf das Tablett mit den Bechern. Ist das Gift nun im Becher mit dem Fächer? Im Pokal mit dem Portal? Vielleicht doch im Kelch mit dem Elch? Es ist verwirrend.

Eine Verwechslung könnte den Giftmischer treffen, denken Sie daran. So viel zu den Gartenträumereien.

Aber nicht nur die Flora, nein auch die Fauna hat so einiges vorzuweisen. Obwohl es in unseren gemäßigten Breiten eher unwahrscheinlich ist, dass Ihnen ein bunter Pfeilgiftfrosch über die Füße hüpft. Dieser klitzekleine Vertreter seiner Art hüpft hauptsächlich in Südamerika durch das Grün und hat durch sein Gift keine Fressfeinde.

Auch Schlangengifte oder der Stachel des Skorpions sind in unseren Gegenden eher selten. Aber was sagen Sie dazu, dass das männliche Schnabeltier giftig ist? Ich hätte eher gedacht die Schnabeltierfrau ist am giftigsten, weil der Gatte mal wieder zu viel geschnäbelt hatte, aber so ist es nicht.

Also weiter im tierischen Verzeichnis der Gifte.

Wer eine ausgewachsene Arachnophobie hat, kann sich sicher auch nicht mit den Giften der Spinnentiere befassen.

In unseren Landen könnte man den Stachel der Hornisse, Wespe oder Biene als unverträglich auffassen. Es ist aber eher selten, dass man daran stirbt und Sie wollen doch keine Hornissenwohnsiedlung durch die Stadt tragen oder? Eher kontraproduktiv.

Wie wäre es dann mit Fischgift?

Der Gourmet unter den Herrschaften lässt sich vielleicht zu einem Dinner for Two überreden, in dessen Verlauf der gute Kugelfisch, fein in hauchdünne Scheibchen geschnitten, als Delikatesse serviert wird. Sie sollten lieber Schnitzel essen. Denn es wird schon bald ein Dinner for One sein.

Wir könnten uns hier noch über die überaus beliebten Pilzgifte unterhalten, aber ich denke wir haben erst einmal genug zum Nachdenken. Der Knollenblätterpilz wird überbewertet. Oder?

Liebe Freunde des Toxins

Ich kann hier nur wieder raten, Autor zu werden. Der Aufwand ist den Nutzen nicht wert. Und es macht so viel mehr

Spaß mit Worten zum Killer zu werden und es ist für Sie weitaus gesünder. Machen wir uns nichts vor.

Selbst so ausgeklügelte Giftanschläge durch Spione mit der Lizenz zum Töten, seien es östliche oder eher westlichere Geheimdienste, werden aufgedeckt. Und diese Herrschaften haben alle Mittel und sämtliche Wissenschaftler auf ihrer Seite, die Gifte mixen können, was das Zeug hält. Es kommt heraus und endet dann meist auch für den jeweiligen Attentäter nicht gut. Man darf keine Zeugen hinterlassen.

Bleibt gesund!

Der Hund von Ottersleben

A.W. Benedict

Die Nacht war kalt, die Nacht war still, sogar der Regen war leise.

Der Platz im Mittelpunkt von Ottersleben, dort wo noch vor ein paar Wochen grölende Scharen feiernder Einwohner das neue Jahr begrüßt hatten, lag im zarten Schein der Straßenlaternen. Der Schmutz des Silvestertages war fortgeräumt. Nur auf den Stufen des alten Postgebäudes schimmerte noch ein letzter Rest von Glitter. Ottersleben ruhte.

Der alte Pfarrer Portermann verspürte keine Lust mehr, auf den längst überfälligen Bus zu warten. Er wusste aus seiner langen Erfahrung, dass sich des Öfteren zu später Stunde, es war 23 Uhr vorbei, kein Bus mehr sehen ließ. Als ob die Busse dann keine Lust mehr hätten, diesen Stadtteil anzufahren. Sie weigerten sich und stellten selbstständig den Motor ab, um nicht hierher fahren zu müssen. Und allem Anschein nach taten die Busfahrer den armen Bussen den Gefallen.

Niemand fuhr gern um diese Zeit über diesen Platz.

Der alte Pfarrer lächelte und schüttelte den Kopf. Er hatte schon so oft von seinen Schäfchen diese Mär gehört. Dass der Aberglaube in seiner Gemeinde aber derlei Formen angenommen hatte, konnte er nicht verstehen. Langsam reichte es ihm. Nicht nur einmal hatte er von seiner Kanzel herunter gewettert und versucht die Gemeinde zu überzeugen, wie dumm es war, an irgendwelche übernatürlichen Dinge zu glauben.

Eigentlich hatte er am letzten Tag des Jahres, am Silvestertag, in der Kirche das gute Gefühl gehabt, dass er seinen Schäfchen die Sache ausgetrieben hatte, wie einen bösen Geist bei einem Exorzismus.

Da waren wohl noch mehr Anstrengungen nötig. Er nahm sich vor, mit seinem Bischof zu reden. So ging es nicht weiter.

Im Hintergrund hörte er ein Scharren, wie von Krallen auf einem Stück Stein. Er sah an dem längst geschlossenen Café an der Ecke vorbei, aber das Geräusch hatte aufgehört.

Er kicherte. Nun wurde er bereits von der Munkelei im Ort angesteckt.

Von einem bösen riesigen Hund oder Wolf war die Rede. Man erzählte sich, er würde nur spät in der Nacht auf seine Beute lauern. Schwarz und dunkel schimmerte das Fell des Monstrums, die Augen zwei glühende Kohlensteine, der Atem roch nach Tod und die Zähne waren lang, wie zwei scharfe spitze Fleischmesser.

Wenn es auf Mitternacht zuging, blieben die braven Bürger von Ottersleben zuhause, verriegelten Tor und Tür und schliefen unruhig.

Das Heulen kam wie aus dem Nichts. Der Pfarrer zuckte zusammen.

Ein so schrecklicher Laut, wie ein rostiges Nebelhorn.

Etwas knurrte. Kam das nicht aus dem Eingang zur Praxis der Ärztin am Ort? Leicht könnte sich dort jemand verstecken. Aber nein, beruhigte sich der Pfarrer selbst. Abends war dort der große Laden an der Tür heruntergelassen.

Das Scharren langer Krallen kam aus der Richtung der Schule.

Pfarrer Portermann drückte sich ganz tief in das Wartehäuschen und lugte durch die mit Graffiti verschmierten Glasscheiben über den Platz.

Nichts war zu sehen.

Die Uhr zeigte Mitternacht.

Was hatte ihm eins der Gemeindemitglieder erzählt?

Man hatte mitten auf dem Platz einen Toten gefunden. Am Montagmorgen um 4.30 Uhr kam Fleischer Peterson müde zu seinem Geschäft gefahren, um wie so oft auf den Lieferanten zu warten. Er stieg aus seinem Wagen, gähnte herzhaft, streckte die müden Glieder und beschwerte sich murmelnd über die Lieferanten von heute.

Da sah er die Bescherung.

Mitten auf dem Platz lag neben der Eiche eine Gestalt.

„Wird doch nicht betrunken liegen geblieben und eingeschlafen sein?", dachte er noch und lief zu der Gestalt.

„Hallo, geht es Ihnen gut?", hatte er gerufen. Aber als er näherkam, konnte man davon ausgehen, dass kein Leben mehr in dem Mann war. Seine Augen waren geweitet, wie zum Schrei der Mund geöffnet, die Hände verkrampft.

Fleischer Peterson hatte einen furchtbaren Schreck bekommen, war zurückgewichen und hatte dann schnellstens die Polizei angerufen.

„Ganz blau war sein Gesicht und überall Bissspuren, die Kleider waren zerrissen und niemand weiß, wer der Mann war." Genauso hatte es Frau Obermeier berichtet und sie erzählte es jedem, der es nicht hören wollte gern aufs Neue und mit noch mehr Details.

Fleischer Peterson hatte zwar mehr als einmal erklärt, dass

es gar nicht so gewesen sei, aber man glaubte lieber Frau Obermeier, das war spannender. Leider verbreitete sich dadurch auch die seltsame Mär vom Monsterhund von Ottersleben.

Ein tiefes Bellen und Knurren tönte dicht neben dem guten Pfarrer, wie aus dem Höllenschlund selbst schien dieser Laut zu kommen. Da war nichts Tierisches mehr dabei, das musste ein Höllenhund sein. Dann erblickte Pfarrer Portmann das Scheusal. Eigentlich sah er nur den riesigen Schatten an der Wand der alten Tischlerei. Er würde nicht warten, bis das Untier bei ihm war und ihn erwischte.

Der alte Pfarrer tastete in seiner Tasche nach dem Kirchenschlüssel und lief, wie von Wölfen gehetzt, quer über den Platz, durch die angrenzende Straße, links in die winzige Gasse und über den Kirchhof in seine Kirche, den Hort der Sicherheit. Als er die Tür verriegelt hatte und vor dem Altar kniete, kam sein pochendes Herz endlich zur Ruhe. Er betete so inbrünstig um Hilfe, dass man ihn sicher erhören würde.

An dem Platz, mitten im Ort, hatte das Knurren und Heulen geendet.

Der Schatten an der Wand wurde Schritt für Schritt kleiner, bis es nur noch der Hauch eines Schattens war.

Die alte Frau Zinnwald musste sich zusammennehmen, um nicht laut zu lachen.

„Hast es wieder geschafft mein Bester, braver Brutus. Kriegst nachher ein großes Filetstück. Noch ein paar Mal, dann haben wir genug zusammen und können hier wegziehen. Ich höre schon die Wellen an den Strand branden und spüre die warme Sonne auf der Haut."

Frau Zinnwald, siebzig Jahre alt, aber noch rüstig, mit allen eigenen Zähnen im Mund und ohne Ersatzteile in Knie und Hüfte, bückte sich zu ihrem Terrier und nahm ihm das dicke Fell vom Rücken. Dann griff sie in das Maul des Hundes und entfernte die langen Zähne. Der Schatten ihres Hundes reichte immer aus, um ungebetene Gäste zu vertreiben. Sie drückte den Knopf an dem kleinen Rekorder, wo sie Wolfsgeheul aufgenommen hatte. Mehr war nicht nötig. Für die Verbreitung des Gerüchts über den Monsterhund hatte sie auch gesorgt. Vor allem die alte Klatschbase Obermeier war für derlei Verbreitung gut.

Ein dunkler Wagen mit getönten Scheiben näherte sich leise.

Er bremste neben der alten Frau. Eine Fensterscheibe wurde herabgelassen, eine behandschuhte Hand erschien. Frau Zinnwald machte einen Schritt auf die Straße und nahm aus ihrer gehäkelten Tasche ein Päckchen.

„Wie immer, hier ist die Ware, mein Geld!", flüsterte sie in den Wagen hinein.

„Dumm die Sache mit dem Toten", kam es leise aus dem Inneren.

„Was kann ich dafür, er hatte sich eingemischt. Er wollte alles auffliegen lassen. Die Sache mit meinem Brutus und alles andere auch. Das konnte ich nicht zulassen. Niemand wird auf mich kommen. Ich habe keine Spuren hinterlassen. Hab' es aussehen lassen, als ob ein Monsterhund ihn zerrissen hat." Sie kicherte.

Zwischen ihrem Kichern ertönte ein Klickgeräusch.

Als Frau Zinnwald ihre Hand von dem Wagenfenster

zurückziehen wollte, hatte sie Handschellen um.

Auf der Beifahrerseite stieg ein Mann aus, stellte sich vor sie, zeigte einen Ausweis und meinte lakonisch: „Frau Zinnwald, Sie haben das Recht zu schweigen!"

Kommissar Kemter grinste.

Seit diesem Abend verschwand seltsamerweise der Monsterhund aus Ottersleben und wurde niemals wiedergesehen.

Die Polizei konnte einen Schlag gegen die Drogenkriminalität verzeichnen und Frau Zinnwald beging das nächste Silvesterfest vor einem vergitterten Fenster.

Pfarrer Portermann erholte sich nur langsam von dem Schreck. Er fuhr niemals wieder um Mitternacht mit dem Bus.

Drogen

In unserem Fall waren Rauschmittel gemeint, die unsere alte Dame verticken wollte. Drogen aus Apotheke oder Drogerie sind ein ganz anderes Thema und haben mit einem Rauschzustand, wie er durch Kokain, Heroin oder Crack verursacht wird, nichts zu tun.

Im Gegensatz zu dem heutigen Teufelszeug, das meistens künstlich hergestellt und ordentlich mit giftigen Substanzen gestreckt wird, kommt uns der LSD - Wahn der 70er Woodstockzeit fast ein bisschen romantisch vor.

Frau Zinnwald hätte vielleicht lieber eine schöne Jimmy Hendrix - CD auflegen sollen, einen Joint drehen und in ihrem Garten den vergangenen Zeiten nachhängen sollen. Nun hängt sie im Knast rum und da soll das Essen nicht so toll sein.

Der Tunnel des Grauens

A.W. Benedict

Es klopfte, erst zaghaft, dann bekam das Klopfen an der Tür zum Büro des Oberbürgermeisters von Magdeburg einen aggressiveren Unterton.

„Herein! Frau Müller, was ist denn da los?", fragte nun ungehalten Gustav Klunker und sah von seinem Aktenberg auf. Diese Aushilfssekretärin Müller war kein Ersatz für seine langjährige Mitarbeiterin Ilse Schulze-Krone-Wiedemark. Wenn sie nur schon wieder da wäre. Wie konnte sie nur drei Wochen Urlaub nehmen und das am Stück. Er würde mit seinem Personalchef ein Wörtchen reden. So etwas ging nicht. Auch wenn Frau Schulze-Krone-Wiedemark noch so viele Überstunden angehäuft hatte, das ging nicht.

Die Tür wurde vorsichtig geöffnet. Der Bürgermeister verdrehte die Augen. Dann flog die Tür mit einem Knall auf.

„Was erlauben Sie sich!", tönte es unter dem Schreibtisch hervor.

Darunter musste sich der Amtsträger verstecken, laut Sicherheitsprotokoll, wenn eine unübersichtliche Gefahrensituation bevorstand.

„Ich konnte den Herrn nicht zurückhalten, er hat sich einfach durchgedrängelt!", piepste Frau Müller hinter dem Rücken eines wahren Schrankes von Mann hervor.

Hinter dem Schreibtisch erschien ein weit aufgerissenes Augenpaar.

„Ach Sie sind es Krawutke, mein Gott warum erschrecken Sie uns hier so. Was ist denn schon wieder, zum Kuckuck!", rief der Bürgermeister und erhob sich aus der unsäglichen Position unter seinem Schreibtisch. Er rückte seine verschobene Krawatte zurecht, straffte den Rücken und steckte sein herausgerutschtes Hemd zurück an seinen Platz.

Der Schrank von Mann nahm seinen Helm ab. Bis jetzt hatte er einen gelben Sturzhelm auf dem haarlosen Schädel gehabt. Die breiten Oberarme schienen das Shirt sprengen zu wollen und seine Hände waren groß wie Teller. Nervös trat er von einem Fuß auf den anderen und drehte dabei den Helm in seinen Riesenhänden. Ab und zu fiel ein Zementbröckchen auf den Boden.

„Es geht so nich, Herr Klunker, die machen da nich mehr mit. Es ist schon wieder passiert. Die weigern sich einfach weiterzumachen, wissen'se?"

„Als ob die schon mal viel gemacht hätten", wisperte Frau Müller hinter seinem Rücken.

„Das habe ich gehört Frau Müller, Sie können gehen", rief der Bürgermeister seiner Sekretärin erbost zu.

Die Angesprochene zuckte mit den Schultern und ging grinsend zu ihrem Vorzimmerplatz zurück.

„Also Krawutke, was ist passiert? Ich hatte doch die Polizei beauftragt, etwas zu unternehmen."

„Drin im Tunnel waren se, aber kamen schnell wieder raus und meinten, is alles wie immer, nichts zu entdecken. Also haben wir weitergegraben. Und dann is der Wolfi ohne seine Hose rausgerannt gekommen und hat seinen Spaten weggeschmissen. Dann hat er gesagt, er geht da nich mehr rein und er ist abgeschoben zum Arbeitsamt." Der muskelbepackte Riese schüttelte den Kopf.

„Da is was nich geheuer, Herr Klunker. Und dann der verschwundene Mann? Der Siegfried ist ja nicht zur Arbeit erschienen. Seine Frau meinte, er würde auf seiner monatlichen Sauftour sein. Aber sein Kumpel hat ihn nicht gesehen und meinte da wäre was anderes passiert. Vielleicht, wenn Sie mal kommen würden? Dann wären die Leute vielleicht wieder dabei?"

Der Bürgermeister nickte und sah auf seinen Kalender, dann drückte er einen Knopf auf dem Telefon.

„Frau Müller, für heute alle Nachmittagstermine auf morgen verschieben, ich fahre zur Tunnelbaustelle."

Ein Schnarren ertönte im Lautsprecher.

„Ich habe Sie nicht verstanden? Welcher Hermine soll ich absagen?"

Herr Klunker verdrehte die Augen erneut.

Dann ging er an dem Arbeiter vorbei, riss die Tür zum Vorzimmer auf und brüllte: „Die Nachmittagstermine absagen! Und holen Sie endlich einen Techniker für die Telefonanlage, zum Donnerwetter, muss ich hier alles allein machen!"

Er ging in sein Büro zurück, ließ sich auf den sehr bequemen ergodynamischen Sessel fallen und griff in die rechte Schreibtischschublade.

„Na, Krawuttke? Auch Einen?", fragte er den Arbeiter, der sofort grinste und nickte.

Dann wurde sein Gesicht traurig, als er sah, dass der

Bürgermeister eine Flasche Orangensaft aus der Schublade hervorzauberte.

„Ne, lassen se ma, ich muss auch los", beeilte sich Krawuttke zu beteuern.

„Ich werde mit meinen Sicherheitsleuten einen Plan ausarbeiten und dann so gegen sechzehn Uhr am Tunnel sein. Sollte doch gelacht sein, wir werden das gute Stück doch wohl nach fünfzehn Jahren fertig bauen oder, Krawuttke?"

Als der Arbeiter durch das Vorzimmer ging, brummelte Frau Müller über ihren Aktenbergen: „Als ob der da mitgebaut hätte."

Krawuttke räusperte sich und verließ schnell das Rathaus.

Punkt sechzehn Uhr versammelten sich die Arbeiter auf der Tunnelbaustelle am Bahnhof und warteten, auf ihre Spaten und Schaufeln gestützt, auf das Kommen des Bürgermeisters.

Einige Vertreter der Polizei waren bereits vor Ort.

Amüsiert über die wehleidigen Gesichter der Arbeiter, nahmen zwei der Polizisten ihre Stablampen aus dem Wagen und gingen mit triumphierendem Blick in die dunkle Tunnelöffnung.

In diesem Moment erreichte auch die Kolonne des Bürgermeisters den Ort und schwenkte in den Eingang zum Tunnel ein.

Die beiden Polizisten waren in der dunklen Röhre verschwunden.

Sechs Sicherheitsleute stiegen aus und sahen sich auf dem weiten Areal um. Ab und zu sprach der ein oder andere mit vorgehaltener Hand in sein Mikrofon, das sie unsichtbar am Ärmelaufschlag trugen.

Schließlich stieg der Bürgermeister aus und wurde zum Tunneleingang geleitet.

Krawuttke wies mit einer seiner Tellerhände zum Eingang und berichtete, dass zwei Beamte hineingegangen wären.

Plötzlich puffte mit einem Knall eine dicke graue Staubwolke aus dem Tunnel und machte aus der Gruppe davor eine graue Masse.

Die zwei Beamten kamen hustend aus der Tunnelröhre gelaufen.

Sie sahen sich immer wieder ängstlich um.

„Was haben Sie gesehen? Was ist denn nun?", fragte Herr Klunker, während einer der Sicherheitsleute an seinem staubüberzogenen Anzug herumwischte.

„Es war riesengroß und grün und schleimig!", schrie der eine Beamte.

„Es waren mehrere Dinger, klein, blutrot und stachelig!", brüllte der andere Beamte.

Die Männer blickten aus ihren staubigen Gesichtern ehrfürchtig zum Tunnel.

„Und wo ist ihre Hose, Mann?", fragte nun sein Vorgesetzter den Polizisten. Jetzt erst sah der Beamte, dass ihm etwas fehlte.

Herr Klunker schloss kurz die Augen. Er sah seine Sicherheitsleute an und nickte in Richtung Tunnel. Die Männer schienen unschlüssig zu sein.

Dann trat einer der Arbeiter vor, ein junger Mann mit einem langen schwarzen Bart. Er hielt seine Spitzhacke nach oben, nickte dem Bürgermeister zu und ging entschlossen zum Eingang der dunklen schaurigen Tunnelöffnung.

Ein metallisches Geräusch kam aus dem Inneren. Die anderen Arbeiter jubelten ihrem Kameraden zu.

„Mach dem Ding Feuer unterm Hintern Ricky!", brüllten sie ihm nach.

Ricky stand einen Moment am Eingang und versuchte sich zu orientieren. Der Staub hatte sich noch nicht gelegt und die feuchte Wärme im Tunnel legte sich wie eine Schicht auf seinen Körper.

Schweißtropfen liefen über seine Stirn.

Langsam ging er hinein. Nach hundert Metern schwenkte Ricky nach rechts und betrat den Gang, an dem er zuletzt gearbeitet hatte. Er griff zu seiner Taschenlampe und strahlte in das Dunkel vor ihm.

Es knackte hinter ihm. Ricky hörte ein Geräusch, wie von einem über den Boden rutschenden Körper. Neben ihm platschte etwas Schleimiges auf den Boden. Es schien von der Tunneldecke zu tropfen.

Der junge Mann ließ den dünnen Strahl seiner Lampe über die Decke gleiten. Dicke grüne Tropfen hingen dort oben und hatten bereits den Boden des Ganges bedeckt. Ricky wich so gut er konnte aus, um nicht auszurutschen. Er ging weiter. Nach einer weiteren Ecke, stand er in einem niedrigen Raum. Hier hatte man verschiedene Materialien gelagert, Werkzeuge, Zementsäcke und Kabelrollen. Alles war von einer dicken Schicht Staub überzogen. Vor ihm war eine Öffnung in eine Mauer geschlagen worden, kreisrund und schleimig grün.

Ricky sah sich kurz um und horchte in Richtung Tunneleingang. Niemand schien ihm zu Hilfe kommen zu wollen. Ein schrilles Pfeifen erklang. Ricky stieg durch die kreisrunde Öffnung.

Der Bürgermeister hatte sich inzwischen vor den Arbeitern aufgebaut. Wie aus dem Nichts erschien ein Mikrofon und eine Schar Reporter machte sich bereit.

„Meine lieben Magdeburger. Der Bau dieses Tunnels ist ein Vorzeigeprojekt für die Bewohner unserer Stadt. Noch niemals zuvor hat die Bevölkerung einer gesamten Stadt so eindeutig positiv zu einem Projekt gestanden. Dem Tourismus wird durch diese Verbindung ein weiteres hochwirksames Objekt zur Verfügung stehen. Touristen aus allen Teilen der Welt werden durch diesen Tunnel die wunderschöne Stadt Magdeburg entdecken, die Olvenstedter Straße, die wild dahinfließende Schrote, das Neubaugebiet mit dem Klinikum Olvenstedt. Es wird so wunderbar."

Herr Klunker bekam feuchte Augen. Die Reporter sahen sich grinsend an. Einer von ihnen trat vor und hielt dem Bürgermeister sein Aufnahmegerät vor das Gesicht.

„Aber was ist mit diesen ewigen Unterbrechungen? Was ist mit dem Mann, der verschwunden ist? Ist der Tunnel eine Gefährdung für die Bevölkerung und gehört vielleicht die Tunnelröhre zubetoniert?"

Herr Klunker hob abwehrend die Arme.

„Herrschaften, in diesem Moment ist ein Vertreter der Landesregierung unterwegs und untersucht die Tunnelröhre. Sie werden sehen, es gibt dort nichts, was den Tunnel aufhalten könnte!"

Krawuttke kratzte sich am Kopf. Ein Vertreter der Landesregierung? Das war doch nur Ricky.

Ricky hatte sich weiter vorgearbeitet. Der kreisrunde Gang nahm kein Ende. Aber dann sah er in einigen Metern ein grünliches Leuchten.

Er ging vorsichtig darauf zu.

Am Boden entdeckte er eine Blutlache und ein paar abgenagte Knochen. Daneben lag ein zerrissener Overall. Auf dem Namensschild konnte man grad noch den Namen entziffern, Siegfried Polster. Ricky schob die Knochen sorgsam an die Seite.

Dann ging er weiter.

Das grünliche Leuchten kam näher.

Er hörte ein vertrautes Schnurren.

„Na mein Freund? Ich bin's, keine Gefahr. Ich hab dir was Leckeres mitgebracht. Na komm schon."

Ricky nahm aus seiner Tasche ein eingewickeltes Paket und öffnete es. Es triefte vor Blut.

Das etwa zwei Meter große Gesicht des Wurms kam aus einem Knäuel von Tentakeln hervorgeschossen und verschlang das Paket aus Rickys Händen zusammen mit dem Papier.

„Du musst hier langsam fort, mein Liebling. Und die Sache mit Siegfried war nicht so besonders gut. Hast du wieder so viel Hunger gehabt, mein armer kleiner Liebling? Haben dir die Bahnreisenden nicht gereicht?"

Ricky kraulte dem grünlich schleimigen Tier den Nacken,

wenn es denn der Nacken war.

„Hast doch schon gut gegraben. Ein paar Tage halten wir die da draußen noch auf, mit meinen Maschinerien und dem ganzen grünen Kram im Gang, dann hast du es sicher geschafft. Ich schließe die Mauer und du kannst eine andere Wiese abgrasen. Was meinst du? Die Kasematten der Festung Mark sind doch ein tolles Feld für dich, mein Schatz, oder? Ach noch eins, den Leuten die Hosen wegzuschnappen ist ja schon witzig, aber lass es lieber. Sieh dir an, wie viele Beinkleider hier schon rumliegen."

Der grünliche Wurm verzog traurig das Gesicht und rollte sich zurück zwischen seine Tentakel. Dann schnurrte er zufrieden und nach kurzer Zeit war er eingeschlafen und träumte wahrscheinlich von vielen bunten neuen Hosen.

Ricky lächelte. Er kraulte seinen alten Freund.

„Bis bald, Bubbles, du bist der beste Freund, den ich habe!"

Ricky verließ den Tunnel nicht ohne sich mit seiner Spitzhacke eine kleine Verletzung zuzufügen. Dann stolperte er verwirrt und unbeholfen aus dem Tunnel.

Mit weit aufgerissenen Augen sahen ihm seine Arbeitskollegen und die Schar um den Bürgermeister entgegen.

Ricky wurde zu einem Arzt gebracht.

Der Tunnel wurde vorrübergehend für eine Woche geschlossen. Die Arbeiter waren zufrieden, bekamen sie doch vollen Lohnausgleich.

Der Bürgermeister Herr Klunker gab eine Pressekonferenz und ließ verlauten, es hätte zu keiner Zeit eine Gefahr für die Bevölkerung bestanden und man werde schon bald den wunderbaren Tunnel eröffnen können. Man würde nur noch etwas Zeit und ein wenig mehr Geld brauchen.

Und Bubbles?

Bubbles grub sich am selben Abend in Richtung der Festung Mark.

Wohin mit der Leiche II

Die Baustelle nebenan ist eine sehr elegante Lösung.

Aber wer hat schon ein so liebes Haustier, wie unseren schleimigen Freund Bubbles an der Hand?

Und, sehen wir einmal vom Magdeburger Tunnelbau ab, sind Baustellen eigentlich ein ziemlich belebter Ort.

Aber, das große Aber ist allgegenwärtig.

Klappt also auch nicht, denken Sie an Teil I.

Kommissar Schaminski

Sylvie Braesi

Das ganze Wochenende hatte es geregnet und zwar so heftig, dass alle geplanten Aktivitäten der Familie Winkler ins sprichwörtliche Wasser gefallen waren.

Keine Radtour, kein Grillenabend und kein gemütlicher Sonntagsspaziergang am Elbufer.

Am Nachmittag hielt es Winkler aber nicht mehr in der Wohnung aus. Er wollte wenigstens auf ihrer Hausbaustelle nach dem Rechten sehen. Zwar hatte Lydia, seine Frau, ihm versichert, dass er sich keine Sorgen machen müsse, aber er konnte nicht anders.

Natürlich vertraute er Lydia, sie war schließlich Architektin und kannte sich auf Baustellen besser aus als er. Trotzdem hatte er manchmal das Gefühl, dass er ihr zu viel der Verantwortung aufhalste und das machte ihm ein schlechtes Gewissen. Lydias Reaktion auf solche Anflüge war stets ein herzhaftes Lachen und eine Bemerkung, wie zum Beispiel: „Nun weißt Du mal, wie die bösen Jungs sich fühlen, wenn sie vor dir sitzen."

Heute warf sie ihm nur einen kurzen Blick aus ihrer Kuschelecke auf der Couch zu, schenkte ihm einen Luftkuss und las ihren neuen Krimi weiter.

Nein, mitkommen wolle sie nicht bei dem Sauwetter und sie würde ja morgen wieder auf der Baustelle sein.

Also fuhr Winkler allein raus nach Rothensee. Keine gute Idee, wie er schon bald feststellte.

Beim Blick in die Baugrube kam ihm kurz in den Sinn, statt einem Keller lieber gleich einen Swimmingpool daraus zu machen. Das Wasser war ja schon drin.

Während er die schlammigen Gummistiefel in den Tiefen seines Kofferraums verschwinden ließ, entschied er sich, diese Idee lieber für sich zu behalten. Es bestand die Gefahr, dass Lydia sofort darauf ansprang, wenn sie nicht schon selbst daran gedacht hatte. Lagen da nicht schon Prospekte von Swimmingpool Anbietern zuhause rum?

Sein Handy summte. Sein Kollege und Partner, Rico Bauer, hatte ihm eine WhatsApp geschickt.

Winkler las und stöhnte auf. Das hatte ihm gerade noch gefehlt. Bauer kündigte für Montag einen neuen Kollegen an. Einen Namen wusste er nicht, aber dass es eine interne Versetzung sein sollte. Das war eine Umschreibung für -Strafversetzung-.

Wie hatte Bauer das nur wieder erfahren? Neue Kollegen wurden nie angekündigt, sondern persönlich vom Chef der Abteilung vorgestellt, in ihrem Fall war das Kriminalrat Dr. Horstmann.

Winkler blickte auf. Na klar doch. Horstmann hatte eine hübsche Sekretärin und auf die stand Bauer. Offensichtlich wurde sein Interesse erwidert und mit ein paar extra Informationen belohnt.

Na egal, Hauptsache der Neue war ein Teamspieler.

Als Winkler Montag früh aus dem Auto stieg, sah er Horstmanns Sekretärin am Arm eines Mannes im Gebäude verschwinden. Na hoffentlich hatte Bauer das nicht gesehen.

Nach und nach trudelten die Kollegen ein und tratschten erstmal über das Wochenende. Ein neues Gesicht entdeckte Winkler nicht unter ihnen. Nach der kurzen Morgenbesprechung wurde er zu Horstmann gerufen.

Es roch nach frischem Kaffee aus dem Chefbüro und Babsis melodisches Lachen ertönte.

Horstmann saß hinter dem Schreibtisch und Babsi saß, mit Block und Stift bewaffnet, im Besucherstuhl. Vor ihr thronte auf der Schreibtischkante ein Mann, Ende 40, mit braunen, ungezähmten Haaren und einem dicken Schnauzer. Er trug Jeans und eine abgewetzte braune Lederjacke. Ohne Hemmungen flirtete er mit Babsi, deren Wangen von einem zarten Rosa überzogen waren.

Winklers erster Eindruck, Oldschool und jede Menge Ärger im Gepäck.

Winkler wurde von Horstmann vorgestellt, dann erfuhr er endlich den Namen des Neuen.

„Das ist Kommissar Georg Schaminski. Er wird Ihr Team ab heute verstärken."

„Verstärkung ist immer willkommen im Team", war Winklers Antwort.

Sie schüttelten sich die Hände und drückten beide kräftig zu.

„Bestens Männer! Dann legen Sie mal los." Für Horstmann war die Sache damit erledigt. Er bekam von Schaminski ein breites Grinsen, Babsi einen Handkuss und Winkler einen Schlag auf die Schulter.

„Dann zeigen Sie mir mal, was hier so abgeht, Kollege. Bin sehr gespannt."

Na das konnte heiter werden.

Genau das Gleiche dachte sich auch Schaminski, nachdem er mit dem Team die laufenden Fälle durchgegangen war.

Da war ja nichts dabei, was vor Gericht mehr als drei Jahre auf Bewährung bringen würde. Sein Verdacht war, dass die wirklich krassen Fälle beim Hauptkommissar auf dem Tisch landeten und von ihm selbst bearbeitet wurden.

Als es Mittag wurde, reichte es ihm. Leise verzog er sich in Richtung Fahrstuhl und verschwand.

Kurz danach kam Winkler ins Großraumbüro und fragte in die Runde: „Hat einer 'ne Ahnung, wo der Neue geblieben ist?"

„Du meinst Schimanski?" Das kam von Bauer, der einzige der ihn duzte. Alle lachten.

„Er heißt Schaminski, klar?"

„Hält sich aber für die Reinkarnation von Schimi. Ich vermute, der hat sogar extra seinen Namen geändert."

Winkler hatte keine Lust auf Zickereien. Unter Männern konnten die schnell zu handfesten Streitereien werden.

„Rico lass das bitte, ja. Weiß jetzt einer, wo er hin ist?"

Keiner hatte was mitgekriegt.

„Na gut, dann legt ihm eine Nachricht hin, dass er Telefondienst machen soll, bis wir zurück sind. Wir müssen los, Überfall auf einen Kiosk."

Winklers Team, bestehend aus den Kommissaren Rico Bauer, Sören Grießler und Lars-Ole Pasold, schnappten sich ihre Ausrüstung und los ging's. Auf dem Flur hörte Winkler wie Pasold zu Bauer sagte: „Und wie nennen wir ihn nun? Schami?"

Das würde ganz sicher noch jede Menge Ärger geben.

Als Schaminski wieder im Büro auftauchte, war er mit einer Ladung Currywurst und Pommes für alle bewaffnet. Der Duft verteilte sich im ganzen Raum, doch niemand reagierte. Schaminski sah sich erstaunt um.

Die waren alle weg, ausgeflogen und ohne ihn.

Er fand einen Zettel, der ihn zum Telefondienst verdonnerte.

„Echt jetzt? Telefondienst, ich? Seid Ihr noch ganz knusper?", rief er laut durch den leeren Raum. Keine Antwort, nicht mal ein Echo.

Es blieb ihm nichts weiter übrig, als der Aufforderung nachzukommen. Wenigstens hatte er genug zu essen. Mal sehen, ob die hier in der Provinz eine ordentliche Currywurst hinbekamen.

Schaminski war gerade bei seiner dritten Currywurst, als das Telefon klingelte.

„Kommissar Schaminski", meldete er sich mürrisch.

„Wer ist das?" Die Stimme war die eines Mannes mit starkem russischem Akzent.

„Kommissar Schaminski und Sie sind?"

„Grigori Tscherkow und ich will Winkler sprechen."

„Der Hauptkommissar ist außer Haus, Sie müssen schon mit mir vorliebnehmen."

„Ich kenne Sie nicht!"

„Ach was, ich kenne Sie auch nicht, na und? Ich bin bei

der Kripo, genau wie Winkler, also was wollen Sie?"

Tscherkow schien zu überlegen. Dann hatte er sich dazu durchgerungen, mit Schaminski zu sprechen.

„Ich habe wichtige Information für Kommissar. Sagen Sie ihm, dass er mich soll anrufen. Es geht um eine Waffenlieferung."

Schaminski horchte auf. Hatte er mit seiner Vermutung also doch Recht. Die besten Fälle behielt Winkler für sich. Aber er war ja nicht da. Das konnte seine, Schaminskis, große Chance bedeuten.

„Hören Sie Tschekow", sagte Schaminski und wurde sofort unterbrochen.

„Ich heiße Tscherkow, ich bin von Moskau nicht von Enterprise. Aber sagen Sie Grigori."

„Wie Sie wollen. Also Grigori, Kommissar Winkler ist bestimmt noch ein paar Stunden im Außendienst. Wenn es so dringend ist, dann geben Sie mir doch die Info."

„Okay", kam es nach einem leichten Zögern. „Aber nicht an Telefon. Wir müssen persönlich treffen."

Eigentlich durfte er ja nicht weg, aber Schaminski zögerte keine Sekunde und sagte zu. Grigori bestimmte, dass sie sich in einer halben Stunde am Café Alex treffen würden.

„Woran erkennen wir uns?", wollte Schaminski wissen.

Tscherkows Antwort klang absolut ernsthaft.

„Ich bin der Russe und Sie sind der Bulle."

Und schon hatte Tscherkow aufgelegt.

„Okay, dann eben keine Rose im Knopfloch. Wir werden bestimmt gut miteinander auskommen."

Jetzt musste Schaminski noch zwei Dinge klären. Erstens,

wer übernahm den Telefondienst und zweitens, wie kam er zu diesem Café Alex.

Den ersten Punkt klärte er mit Babsi, die ihm sagte, wie er eine Rufumleitung zu ihrem Apparat machen konnte. Den zweiten Punkt übertrug er zwei Streifenpolizisten, die auf dem Hof an ihrem Fahrzeug standen und Pause machten.

Kurzerhand wurden sie von Schaminski auserkoren, seine Polizeiunterstützung zu sein. Dazu erzählte er ihnen was von einem offiziellen Auftrag, den Kriminalrat Horstmann persönlich erteilt haben sollte.

Den Mann, Polizeiobermeister Rademacher, hatte er schnell auf seiner Seite. Die Frau, Polizeiobermeisterin Grabovski war skeptisch, zog aber mit, weil ihr Partner dafür war.

Das Fahrzeug und die beiden Polizisten ließ Schaminski in der Nähe des Cafés zurück. Er wollte keine Aufmerksamkeit erregen.

„Ich treff mich allein mit dem Informanten", hatte er gesagt. „Es ist ein Russe und er ist ziemlich nervös. Sie warten hier." Mit dieser Ansage ließ er die beiden zurück.

Rademacher sah seine Partnerin an. „Sollten wir ihm sagen …?"

„Nö!", kam die prompte Antwort.

Schaminski schlenderte übertrieben langsam in Richtung Springbrunnen und begann ihn einmal zu umrunden. Auf der Seite der Tische angekommen, fiel ihm ein kleiner drahtiger Mann auf, der ihm heftig zuwinkte. Irgendwie hatte sich die Stimme nach einem großen, bärtigen Mann angehört, aber egal.

„Hallo Kommissar. Kommen Sie, setzen Sie sich. Ich habe schon zu trinken bestellt." Tscherkow redete ziemlich laut und unbekümmert.

„Finden Sie es gut, dass Sie mich in aller Öffentlichkeit mit Kommissar anreden? Ich dachte, das ist eine vertrauliche Unterredung?"

„Warum glauben Sie, ich habe diese Platz ausgesucht. Hier viele Leute und keiner interessiert sich für Nebenmann. Hier wir können ungestört reden."

Die Bedienung brachte die Getränke: Espresso und Wasser. Der Espresso war stark, genau wie das Wasser.

„Scheiße Mann, Gregori, das ist ja Wodka!", krächzte Schaminski.

„Sie lieber wollen Whiskey?", schon ging die Hand nach oben und Schaminski konnte eine Bestellung gerade noch verhindern.

„Also los, nun erzählen Sie mal was über die Lieferung." Tscherkow beugte sich zu ihm hinüber, bevor er anfing zu reden. Nach einer halben Stunde und vier weiteren Gläsern Wodka war er fertig und Schaminski war es auch.

Die Geschichte hörte sich allerdings echt krass an.

Eine Gruppe russischer Waffenschmuggler sollte heute eine Lieferung von 100 vollautomatischen Gewehren, 20 Kisten panzerbrechender Munition und 2 Kampfdrohnen übernehmen und nach Russland schaffen. Die Übergabe würde ganz in der Nähe, auf einem Rastplatz an der A2 erfolgen. Die Waffen waren in einem normalen Fernlaster verladen, der laut Ladeliste Elektronikartikel nach Riga befördern sollte. Ein paar Fernseher waren wohl auch tatsächlich mit an Bord.

Einen Haken hatte das ganze allerdings. Die Übergabe fand schon in einer Stunde, getarnt als Fahrerwechsel inmitten von vielen anderen Trucks, statt. Keine günstigen Voraussetzungen.

Schaminski überschlug seine Möglichkeiten. Viel Auswahl hatte er nicht.

Zuerst rief er im Büro an. Babsi ging ran, also waren Winkler und die anderen noch nicht wieder zurück. Er bat Babsi, Winkler zu informieren, dass er noch zu einem Sondereinsatz musste. Erklären würde er später. Nur so viel sollte sie Winkler sagen, er war mit seinem Informanten Gregori unterwegs.

Nachdem er die saftige Rechnung bezahlt hatte, schleppte er den wackligen Tscherkow zum Streifenwagen.

„Bin ich verhaftet? Wieso Sie mich verhaften? Ich hab guten Tipp gegeben", lamentierte der Russe.

„Sein Sie doch still, Gregori. Sie sind nicht verhaftet. Wir holen uns jetzt einen unauffälligen Wagen und dann fahren wir zum Rastplatz. Dort befestigen wir einen Peilsender am Truck und warten auf die Verstärkung."

Tscherkow schien beruhigt.

Bevor Schaminski ausstieg, um einen Wagen zu besorgen, gab er den beiden Streifenbeamten noch Anweisungen.

„Rademacher, Sie kümmern sich um die Verstärkung. Wir brauchen ein SEK am Rasthof Börde und zwar Pronto. Grabovski, Sie informieren Kommissar Winkler über meine Aktion."

Schon nach zehn Minuten sah Rademacher ihn mit einem Fahrzeug über den Hof gefahren kommen. Wie er es geschafft hatte, der Fahrbereitschaft in so kurzer Zeit und ohne schriftlichen Auftrag ein Fahrzeug abzuschwatzen, war ihm unklar, sollte sich aber schon kurz danach klären.

Schaminski hatte einen Schlüssel vom Brett genommen, den Wagen gesucht, war eingestiegen und losgefahren. Einen Peilsender hatte er vorher im Vorbeigehen aus dem Regal genommen. Schön, dass man hier so ordentlich war. Das Ganze hatte nicht mehr als zehn Minuten gedauert.

Tscherkow schnalzte anerkennend mit der Zunge und stieg grinsend ein.

Rademacher sah den beiden nach und fragte halbherzig: „Hätten wir ihn nicht doch lieber warnen …?"

„Nö", meinte Grabovski. „Der ist doch Kommissar, der kriegt das allein raus. Außerdem ist er ja schon vom Hof."

*

Schaminski und Tscherkow kamen zwanzig Minuten vor Übergabe auf dem Rasthof Börde an. Während Schaminski Kaffee holen ging, tat Tscherkow so, als wolle er sich die Beine vertreten. In Wahrheit sollte er sich nach dem Truck umsehen.

Nach kurzer Zeit trafen sie sich wieder am Auto. Der Truck war noch nicht da. Nach weiteren zehn Minuten wurde Schaminski unruhig. Er sah seinen Beifahrer fragend an. Der zuckte nur mit den Schultern, dann sagte er: „Ich nochmal gehe gucken."

Schaminskis Handy summte, die Dienststelle, wahrscheinlich Winkler. Wollte ihn wohl zurückpfeifen.

Von wegen, er ging nicht ran. Das war sein Fall und den

Erfolg würde er sich von keinem streitig machen lassen.

Wo bloß der Truck blieb. Er musste doch den Peilsender noch anbringen.

Plötzlich kam Gregori völlig aufgeregt angelaufen. Im Laufen deutete er in Richtung Autobahn. Schon als er die Tür öffnete, fing er an zu brüllen. „Das war Truck! Da fährt er. Los müssen hinterher! Dawai, Dawei!"

Schaminski ließ verdattert den halbvollen Kaffeebecher fallen.

„Was ist los?"

„Der Truck, da vorn fährt! Müssen hinterheeeeer!"

Schaminski hatte keine Ahnung was da vorging, nur eins war klar, der Truck war schon durch und wenn überhaupt noch eine Chance auf Erfolg bestand, dann mussten sie ihm hinterher.

Er trat das Gaspedal durch und raste vom Parkplatz. Tscherkow fläzte sich gemütlich in den Sitz und gab zu bedenken, dass es bestimmt eine Weile dauern würde, bis sie den Truck einholten und Schaminski sollte lieber nicht so schnell fahren. Hier würde die Autobahnpolizei nach Rasern Ausschau halten.

„Vielleicht erklären Sie mir erstmal, wieso die Übergabe nicht stattgefunden hat, Grigori?"

„Hat stattgefunden, ganz sicher, aber schon früher auf andere Rastplatz."

„Und wieso? Die konnten doch nicht wissen, dass wir auf sie warten."

„Njet", entgegnete Tscherkow mit voller Überzeugung. „Das sind Russen. Die ändern Pläne so oft, wie sie Wodka

157

trinken. Hauptsache ich ihn gesehen. Jetzt wir folgen. Irgendwann machen Pause zum Pinkeln und dann machen Sender an Truck."

Schaminski war genervt von seinem Beifahrer und davon, dass sie den Truck noch immer nicht eingeholt hatten. Er hoffte nur, dass Grigori den richtigen Truck gesehen hatte.

Grigoris Hoffnung war eine andere. Er wollte möglichst lange durchhalten.

*

Winkler saß an seinem Schreibtisch. Nach dem Gespräch mit Polizeiobermeisterin Grabovski hatte er mehrfach versucht Schaminski über sein Diensthandy zu erreichen, ohne Erfolg.

Das bedeutete jede Menge Ärger, wie er es vermutet hatte.

Verdammt, konnte man den Mann nicht mal Telefondienst machen lassen?

Zum Glück hatte Rademacher nicht im Traum daran gedacht, das SEK anzufordern. Er war in die Kantine gegangen und von dort drang schon bald lautes Gelächter durch die Dienststelle.

Grigori hatte wieder zugeschlagen!

Blöd war nur, dass der Chef der Fahrbereitschaft inzwischen bei Horstmann aufgeschlagen war, um den vermeintlichen Diebstahl Schaminskis zu melden.

Mit hochrotem Kopf kam der Kriminalrat in Winklers Büro gestürmt.

„Können Sie mir erklären, wieso der Kollege Schaminski sich einfach einen Wagen nimmt? Und was hat es mit diesem

Sondereinsatz auf sich, den ich angeblich genehmigt haben soll?"

Jede Menge Ärger!

Zuerst war Grabovski mit ihrem Teil der Geschichte dran.

Sie erzählte es genauso, wie es abgelaufen war. Horstmann polterte sofort los.

„Ein russischer Waffenschmugglerring, hier bei uns? Wieso weiß ich nichts davon und wer ist dieser Informant, Grigori? Hatten Sie die Absicht, mich irgendwann darüber zu informieren?"

Das sah nicht gut aus für Schaminski und Winklers Erklärung würde es nicht besser machen. Er brachte es lieber gleich hinter sich.

„Grigori Tscherkow ist kein russischer Informant, ja er ist nicht mal Russe. Sein richtiger Name lautet Wladislaw Tszerschewski und er stammt aus Polen. Vor ein paar Jahren kam er nach Deutschland, um zu arbeiten. Als er die Arbeit verlor, blieb er hier und hat sich mit kleinen Gaunereinen über Wasser gehalten. Hat keinen festen Wohnsitz. Im letzten Jahr hab ich ihn mal wegen Ladendiebstahl verhaftet. Seitdem hat er ab und zu angerufen, weil er uns Tipps verkaufen wollte. Seine Tipps erwiesen sich immer als falsch. Er wollte nur etwas Aufmerksamkeit und Geld für eine Fahrt nach Hause. Das Geld hat er vertrunken und deshalb hat er auch keins mehr von mir gekriegt. Wie es aussieht, hat er sich diesmal eine Mitfahrgelegenheit organisiert."

„Sind Sie sicher, dass da keine Waffen auf der Autobahn unterwegs sind?", fragte Horstmann vorsichtig.

„Ganz sicher, Herr Kriminalrat."

„Dann rufen Sie den Kerl an. Er soll gefälligst zurückkommen."

„Hab ich schon versucht. Er geht nicht ran. Ist wohl im Jagdmodus."

Winklers Versuch, die Sache lustig zu nehmen, ging nach hinten los.

„Und was machen wir nun? Wenn das rauskommt, stehen wir wie Idioten da."

Horstmanns Bedenken konnte Winkler durchaus nachvollziehen, eine Lösung hatte er dennoch nicht parat.

Stattdessen schlug er vor, einfach abzuwarten. Irgendwann würde Schaminski den Braten schon riechen und aufgeben. Dann konnte man immer noch Schadensbegrenzung betreiben.

„Ich soll einfach den Kopf in den Sand stecken?"

„Tun Sie einfach nichts, bevor Sie noch schlafende Hunde wecken."

Je mehr Horstmann darüber nachdachte, umso brauchbarer erschien ihm Winklers Vorschlag. „Also gut. Warten wir ab. Wenn er sich meldet oder wiederauftaucht, will ich das sofort wissen. Der kann was erleben."

Der letzte Satz veranlasste Winkler zu der Bemerkung: „Das war nicht unbedingt seine Schuld. Er wusste ja nichts von Grigori."

Horstmann brummte mürrisch: „Ich meine doch nicht Schaminski, sondern den, der mir den Kerl aufgeschwatzt hat."

Winkler atmete auf, als Horstmann den Raum verlassen hatte. Im Großraumbüro wurde gelacht, es hatte sich also schon rumgesprochen. Bauer stellte eine Frage in den Raum.

„Na wie weit kommen die zwei, bevor Schaminski merkt, dass er verschaukelt wurde?"

Wetten auf das Ende der Verfolgungsjagd wurden abgeschlossen. Die Tipps lauteten: bis kurz vor die deutsch-polnische Grenze, bis kurz nach der Grenze und ein Verwegener wettete auf die polnisch-russische Grenze.

*

Die ersten Zweifel kamen Schaminski kurz hinter Berlin. Unterwegs hatten sie auf jedem Park- oder Rastplatz Ausschau nach dem Truck gehalten. Alles was er immer wieder von Grigori bekam, war ein Kopfschütteln. Schaminski spielte mit dem Gedanken, die Verfolgung abzubrechen.

„Das ist der letzte Rastplatz", verkündete er seinem Informanten. „Wenn wir ihn hier nicht finden, dann kehren wir um."

Er war sich inzwischen fast sicher, dass es diesen Truck gar nicht gab und dass Grigori ihn angelogen hatte. Er konnte sich nur nicht erklären wieso?

Gerade wollte er Grigori mit seinem Verdacht konfrontieren, als der auf einen Truck deutete und rief: „Da ist Truck! Ich wusste, wir finden."

Der polnische Russe strahlte übers ganze Gesicht.

„Jetzt Sie machen Sender an und wir folgen noch, bis Verstärkung kommt." Wenigstens bis Krakow, dachte Grigori.

Schaminski wollte schon sagen, dass die Verstärkung schon längst da sein müsste, wenn es eine geben würde, doch dann hatte er eine andere Idee.

Er stieg aus und ging zu dem Truck. Der Fahrer war gerade von seiner Pause zurückgekommen und kontrollierte sein Fahrzeug. Grigori sah, wie Schaminski ihn ansprach. Das war nicht gut. Er war doch so kurz vor dem Ziel.

Der Fahrer stieg ein und der Truck rollte davon.

Schaminski setzte sich wieder hinters Steuer, fuhr aber nicht los. Er hielt Grigori stattdessen ein Plüscheinhorn vor die Nase und fragte: „Sehen komisch aus, diese modernen Kampfdrohnen, was Grigori?"

Aus und vorbei!

„Na dann raus mit der Sprache, oder ich schwöre, ich mach Kleinholz aus dir."

Es gab kein Kleinholz, dafür umso mehr von Grigoris Lebensgeschichte.

Irgendwann hatte Schaminski genug. Er stieg aus, brüllte mehrmals kurz auf und ließ seine Wut an einem Abfallkorb aus. Ein paar Reisende warfen ihm ärgerliche Blicke zu. Einer meinte sogar, dass er die Polizei rufen wollte.

„Ich bin die Polizei, Blödmann", schrie ihm Schaminski zu und zückte seinen Ausweis. Schnell verzog sich der aufmerksame Bürger in sein Auto.

Als seine erste Wut verflogen war, hatte Schaminski einen Entschluss gefasst.

Er fuhr Grigori in sein Heimatdorf, in der Nähe von Krakow. Er wollte sofort wieder losfahren, aber Grogoris, bzw Wladislaws Sippe umzingelte das Auto und ließ das nicht zu. Sie veranstalteten zu Ehren des Heimkehrers und seines Gönners ein typisch polnisches Festgelage, bei dem sich die Tische unter den Speisen und Getränken bogen.

Wladislaw schwor hoch und heilig, nie wieder nach Magdeburg zu kommen. Seine Mutter sah vorsichtshalber nach, ob seine Finger auch nicht gekreuzt waren.

Drei Tage später tauchte der ruhmlose Schaminski wieder in der Dienststelle auf. Er ging sofort zu Horstmann und nach einem zweistündigen Gespräch, zu dem auch Winkler dazugebeten wurde, gab es eine offizielle, wenn auch interne Erklärung.

Schaminski hatte aus persönlichen Gründen rückwirkend Urlaub genommen. Persönliche Gründe waren auch der Grund für seinen Antrag auf sofortige Versetzung. Der wurde umgehend genehmigt. Wohin Schaminski versetzt wurde, wollte keiner wissen.

Nur Rademacher meinte: „Vielleicht sollten wir danach fragen, damit wir die Kollegen warnen können.

Grabovskis Antwort lautete: „Nö.“

Schimanski, Horst

Kriminalhauptkommissar in Duisburger
Dienstzeit 1981 - 2013

Ich weiß, was einige von Ihnen denken. Konnten diese Autorinnen nicht mal vor dem großen Schimanski Halt machen?

Bei allem Respekt, die Antwort lautet: Nö, konnten wir nicht. Wer, wenn nicht Schimanski, der Ruhrpott Rambo, wie er liebevoll genannt wurde, hätte es verdient, eine eigene Geschichte zu bekommen. Er hat die deutsche Krimiwelt im Fernsehen revolutioniert und dafür sind wir ihm sehr dankbar.

Mit großer Schnauze und viel Herz eroberte er sein Publikum, wie kaum ein anderer. 29 Tatorte, 2 Kinofilme und 17 Serienfälle durfte er auf seine ganz eigene Art lösen.

Er war der Erste, der im Deutschen Fernsehen zuschlug und dann erst fragte, zumindest glauben wir das.

Danke Schimi!

Es muss nicht immer Mord sein

Haben wir Sie davon überzeugt, dass Sie doch kein Mörder sein wollen?

Dann lassen Sie uns abschließend kurz noch über andere Verbrechenskarrieren sprechen.

Da wären z.B. noch: Einbrecher, Bankräuber oder Drogendealer.

Bei all diesen Berufen gilt erstmal eins: Früh übt sich …!

Waren Sie als Kind lieber Indianer oder Cowboy? Sind Sie beim Fasching mal Robin Hood gewesen? Oder waren Sie mal als Polizist verkleidet? Die, die sich ausziehen, gelten nicht!

Wenn Sie eine oder alle Fragen mit ja beantworten können, dann sind Sie eher als Rächer der Enterbten geeignet, denn als Verbrecher.

Sollten Sie sich zum Butler geboren fühlen? Dann lassen Sie sich gesagt sein, der ist auch nicht immer der Mörder.

Und ein Bankräuber muss sich auf jeden Fall vor der Nachbarschaftswache in Acht nehmen.

Sie fragen sich, was das alles soll? Lesen Sie die nächsten drei Geschichten.

Der Rotehorn Schütze

Sylvie Braesi

„Ist das nicht ein wunderschöner Tag heute?", seufzte Polizeiobermeisterin Grabovski und schenkte ihrem Kollegen Rademacher ein breites Lächeln.

„Das hast du schon drei Mal gesagt", gab er brummig zurück.

„Ich kann es gar nicht oft genug sagen."

„Ja offensichtlich. Ich hab's dir aber schon beim ersten Mal geglaubt."

Grabovski grinste still vor sich hin. Rademacher hatte heute extrem schlechte Laune und sie wusste auch warum. Der FCM war gestern mit 0:3 vom Platz gefegt worden. Sie hatte vergessen von wem. Fußball war nicht so ihr Ding.

Rademacher war deshalb so sauer, weil es das erste Spiel seit langem gewesen war, bei dem er dienstfrei hatte und als Zuschauer im Stadion sein konnte.

Und dann diese Blamage.

„Nimm's nicht so schwer", hatte sie gesagt. „Nach dem Spiel ist vor dem nächsten, oder? Jetzt kann es nur noch besser werden."

Rademacher konnte seine langjährige Partnerin wirklich gut leiden, aber mit solchen Bemerkungen nervte sie ihn gewaltig. Vor allem, weil er wusste, dass sie weder Interesse für, noch Ahnung von Fußball hatte. Aber sonst war sie ein echter Kumpel und deshalb hatte er die ihm auf der Zunge liegende Bemerkung hinuntergeschluckt.

Sie fuhren gerade ihre Runde und waren auf dem Schleinufer in Richtung Strombrücke, als der Notruf reinkam.

Im Rotehornpark war ein Mann angeschossen worden. Das klang sehr ernst, also ging's mit Blaulicht und Sirene los. Rademacher fuhr und Grabovski fragte über Funk nach Einzelheiten. Sie erfuhren, dass der Zwischenfall sich am Ufer des Adolf Mittag Sees ereignet haben sollte, an den Treppen der Seeterrasse.

Über den Parkplatz neben der Hyparschale lenkte Rademacher das Einsatzfahrzeug auf den Fußweg zum *Le Frog,* dem beliebten Restaurant im Stadtpark. Dort ließen sie den Wagen stehen, denn die Terrasse war vollgestellt mit Tischen und Stühlen.

Es war ein Montagvormittag, deshalb waren kaum Spaziergänger unterwegs. Nicht auszudenken, was passiert wäre, wenn jemand in eine große Besuchermenge geschossen hätte.

Auf den oberen Stufen sahen die Polizisten eine kleine, aufgeregte Menschengruppe. Sie schauten sich verstört um und diskutierten heftig. Je mehr sie sich der Gruppe näherten, umso besser konnten sie verstehen, worum es ging.

„Das kam eindeutig von da!"

„Niemals, ich war da unten und hab den Luftzug direkt am Kopf gespürt."

„Dann hätte der Schuss ja vom Wasser abgegeben werden müssen. Da ist aber niemand."

Jetzt redeten alle durcheinander und man verstand gar nichts mehr.

Rademacher zählte fünf Leute, zwei Frauen und drei Männer. Einige hatten Hunde dabei, die auf ihre Weise lautstark mitdiskutierten.

Grabovski sah ihren Partner an und flüsterte: „Ich kümmere mich mal um das Opfer und Du bändigst den Rest der Meute."

„Ich versuch's", antwortete Rademacher, am Erfolg zweifelnd.

Er forderte die Zeugen auf, etwas Platz zu machen und zur Seite zu treten, da er mit jedem einzeln sprechen müsste.

Die Diskussion verstummte und bis auf einen Mann, kamen alle die Stufen hinauf, wo Rademacher sie an verschiedenen Tischen platzierte. Jetzt konnte er mit der Befragung beginnen. Als erstes sammelte er alle Ausweise ein.

Grabovski stieg zu dem verletzten Mann hinunter. Er saß auf einer Stufe und hielt sich ein Tempotaschentuch an die blutende Stirn. Zu seinen Füßen kauerte ein kleiner, zitternder Chihuahua.

Sie stellte sich kurz vor und fragte: „Hat schon jemand einen Notarzt verständigt?"

Kaum dass der Mann genickt hatte, ertönte auch schon die Sirene des RTW.

Und da kam er auch schon angebraust.

Grabovski beschloss mit ihren Fragen zu warten, bis der Mann untersucht und die Verletzung versorgt worden war. Wenn es nur die Wunde an der Stirn gab, bestand wenigstens keine Lebensgefahr. Während sie auf die Sanitäter warteten, ließ sich die Polizistin wenigstens schon mal den Ausweis geben.

Die Sanitäter kamen und führten den Mann nach einer ersten Begutachtung zum RTW, wo sie ihn behandeln konnten. Grabovski überprüfte inzwischen die Personalien des Opfers und der Zeugen. Fürs Erste war alles in Ordnung.

Der Notarzt kam zu ihr und meinte, dass der Patient jetzt befragt werden könnte.

„Was ist mit der Wunde?", fragte Grabovski.

„Halb so wild, ist nur ein oberflächlicher Kratzer. Verletzungen im Bereich der Stirn bluten nur sehr heftig, deshalb sah es schlimmer aus, als es war."

„Haben Sie eine Vermutung, was die Wunde verursacht haben könnte?"

Der Arzt überlegte kurz.

„Hm, schwer zu sagen. Der Patient gab an, dass er angeschossen wurde, aber bestätigen kann ich das nicht. Wenn, dann war es nur ein Streifschuss. Der Mann könnte von einem kleinen Geschoss, aber genauso gut auch von einem Ast gestreift worden sein."

Mit einem bedauernden Schulterzucken beendete der Arzt das Gespräch.

Jetzt wandte sich Grabovski dem Mann, Markus Schlegel, zu und bat ihn um seine Aussage.

Viel war es nicht, was Schlegel sagen konnte. Er war mit seinem Hund, Chico, spazieren gegangen. Chico hatte wie wild die Enten angebellt und sie hinunter ins Wasser gescheucht. Das machte er am liebsten. Klein, aber große Klappe.

Grabovski kannte sich genug mit Hunden aus, um zu

wissen, dass so ein Verhalten eine Mischung aus Imponiergehabe und Angst war.

Sie wollte wissen, was weiter geschah.

Schlegel erzählte, dass er Chico zurückgerufen und als er nicht reagierte, ihn selbst geholt hatte. Gerade als er sich bückte, um den Hund auf den Arm zu nehmen, habe er ein Ziehen an der Stirn gespürt und dann sei das Blut auch schon gelaufen. Erst da habe er begriffen, dass auf ihn geschossen worden sei.

„Woher wissen Sie, dass es ein Schuss war?"

Schlegel reagierte mit Unverständnis.

„Was soll es denn sonst gewesen sein?"

Grabovski ging nicht auf die Frage ein. Sie war nicht hier, um Fragen zu beantworten, sie stellte welche.

„Erzählen Sie mir von dem Schuss. Haben Sie gehört, woher der Knall kam?"

Jetzt wurde Schlegel nachdenklich.

„Ich kann mich nicht erinnern."

„Sie haben doch den Knall gehört?"

„Ehrlich, ich weiß es nicht. Es ging ja alles so schnell und ich habe auch mehr auf Chico geachtet. Wo ist mein Hund eigentlich?"

Dem ging es gut. Einer der Zeugen hatte sich schon seiner angenommen und hielt ihn auf dem Arm.

Der Arzt machte Druck, sie wollten endlich losfahren.

„Noch eine Frage, Herr Schlegel. Haben Sie vor dem Schuss jemanden bemerkt oder ist Ihnen vielleicht jemand gefolgt?"

„Nein, da waren nur die paar Leute, die mir geholfen

haben und ein paar spielende Kinder."

Das war's. Der Sanitäter schloss die Tür und der RTW fuhr mit Schlegel in die Uniklinik zu einer abschließenden Untersuchung.

Da Rademacher noch dabei war, die Zeugen zu befragen, sah sie sich am Tatort um.

Die Theorie mit dem Ast verwarf sie sofort. Die einzigen Bäume in der Nähe waren ein paar Weiden und die standen viel zu weit abseits vom Schauplatz.

Sie suchte weiter. Eigentlich hoffte sie ein Projektil zu finden. Schlegel hatte sich auf den unteren Stufen befunden, mit Blickrichtung zum Wasser. Er war links am Kopf getroffen worden, der Schuss musste also von links gekommen sein.

Sie sah nach rechts und suchte die Stufen gründlich ab. Außer den Blutspuren war nichts zu entdecken. War das Projektil vielleicht ins Wasser gefallen? Na dann Prost Mahlzeit. Wahrscheinlich war es besser, die Spusi zu rufen. Um wenigstens etwas in der Hand zu haben, machte sie noch Fotos von den Blutflecken und der Umgebung.

Mehr ging nicht.

Rademacher war endlich fertig und kam zu ihr. Die Zeugen waren auf dem Weg ins *Le Frog*, um sich auf den Schreck hin erst einmal etwas zur Beruhigung zu gönnen. Bestimmt würden sie ihre eigene kleine Ermittlungsgruppe bilden und zu der Erkenntnis kommen, dass die Polizei sowieso nichts rausfinden würde.

Rademacher rief bei der Zentrale wegen der Spusi an, doch von dort hieß es, dass alle Wagen unterwegs waren, es könne also eine Weile dauern.

Sie sollten den Tatort absperren und warten.

Diese Warterei war wirklich das Nervigste in ihrem Job, das und der Schreibkram. Wenigstens konnten sie so ihre Ergebnisse austauschen.

Nachdem Grabovski mit ihrem Bericht fertig war, fasste Rademacher zusammen, was er von den Zeugen erfahren hatte.

Es lief auf eins hinaus, keiner hatte was gesehen.

Das war nicht ungewöhnlich bei Zeugenaussagen. Entweder hatte keiner irgendwas, oder alle etwas anderes gesehen. In ihrem Fall waren die Zeugen erst durch das Schreien des Opfers auf das Geschehen aufmerksam geworden. Interessant war nur, dass auch von den Zeugen niemand einen Schuss gehört hatte. Eine Waffe mit Schalldämpfer etwa?

Grabovski sah sich immer wieder um. Es gab sicher viele Versteckmöglichkeiten hier. Die zu zweit alle zu durchsuchen war unmöglich. Außerdem war der Täter sicher schon längst über alle Berge.

„Das ist echt merkwürdig", murmelte sie vor sich hin, während Rademacher den Papierkram erledigte.

„Was meinst du?", wollte er wissen.

„Niemand hat was gesehen oder einen Schuss gehört und ein Projektil hab ich auch nicht gefunden. Vielleicht gab es ja gar keinen Schuss?"

„Und wieso hat der Mann eine Wunde an der Stirn? Hat er sich die selbst beigebracht?"

„Das weiß ich auch nicht, aber komisch ist das Ganze, das musst du doch zugeben."

Rademacher zuckte mit den Schultern. „Warten wir's ab.

Vielleicht findet die Spusi ja was."

Das war nicht der Fall. Nach einer mehrstündigen, erfolglosen Suche wurde der Einsatz abgebrochen. Man hatte die Aussagen, die Fotos, den Bericht der Kriminaltechnik und den ärztlichen Befund. Das würde nun schön in eine Akte gepackt werden und das war's.

Gerade mal drei Tage später, am Donnerstag, gab es den nächsten Zwischenfall im Stadtpark und wieder waren Grabovski und Rademacher dafür zuständig.

Dieses Mal hieß es, ein junges Mädchen sei angeschossen worden und zwar zweimal. Ihre Freundinnen hatten zunächst den Rettungsdienst verständigt. Die Sanitäter, die sich noch an den anderen Vorfall erinnern konnten, riefen daraufhin die Polizei.

Alles in allem war auch dieser Vorfall noch glimpflich abgegangen. Das Mädchen musste nicht mal zur Kontrolle ins Krankenhaus mit.

Nachdem Grabovski den Hühnerschwarm irgendwie dazu gekriegt hatte, einzeln und ruhig ihre Aussage zu machen, ergab sich folgendes Bild:

Die Mädchen waren auf dem Niemeyerweg in Richtung Fähranleger spazieren gegangen, hatten sich kurz auf eine Bank gesetzt, geraucht, Energydrinks getrunken und Pläne für das Wochenende gemacht.

Sie wollten gerade weitergehen, als Nikki plötzlich aufschrie und sich an die Wade fasste. Erst glaubte sie, von etwas gestochen worden zu sein, dann traf sie etwas an der Seite, in Taillenhöhe. Daraufhin waren die Mädchen schreiend weggelaufen. Erst an der Sternbrücke hatten sie angehalten und nach Nikkis Verletzung gesehen.

Die Sanitäter hatten festgestellt, dass Nikki an Wade und Taille je eine oberflächliche Wunde hat. Na eigentlich waren es nur zwei gerötete Stellen mit einem Durchmesser von 3 mm. Es waren keine Stiche, sie musste wirklich von etwas getroffen worden sein.

Dass auch dieses Mal niemand einen Knall gehört haben wollte, überraschte Grabovski nicht wirklich. Sie glaubte sowieso nicht daran, dass jemand geschossen hatte. Dazu waren die Verletzungen nicht stark genug. Nikki hatte nicht einmal geblutet.

Sie bat Rademacher, die Personalien der Mädchen aufzunehmen, was der mit einem genervten Augenrollen quittierte. Sie selbst wollte sich nochmal am Ort des Geschehens umsehen.

Eins der Mädchen hatte ihr beschrieben, auf welcher Bank sie gesessen hatten. Ein entwurzelter Baum lag direkt davor auf der anderen Seite des Weges.

Hier gab es jede Menge Spuren! Grabovski schüttelte den Kopf. Rings um die Bank lagen Zigarettenkippen, leere Schachteln und Büchsen. Dabei gab es nur ein paar Meter entfernt einen Papierkorb und der war sogar leer. Die Dämchen waren wohl zu faul gewesen, ihren Abfall ordentlich zu entsorgen. Na denen würde sie aber was erzählen. Sie begann damit, ein paar Fotos zu machen.

Während sie sich weiter umsah, kamen drei Kids von den Elbwiesen herauf. Auf ihrer Höhe angekommen, sahen sie Grabovski neugierig zu.

„Sollen wir Ihnen helfen?", fragte ein Junge.

Grabovski sah die drei an, zwei Jungs und ein Mädchen, ca. 11 Jahre.

„Wobei wollt ihr mir denn helfen?", fragte sie lächelnd.

„Na Sie suchen doch was, oder?", mischte sich das Mädchen ein. Der dritte Junge stemmte die Hände in die Hüften und belehrte seine Freunde. „Mensch Jonas, seit wann lässt die Polizei sich von Kindern bei ihrer Arbeit helfen."

„Hab's ja nur gut gemeint", maulte der Angesprochene.

Grabovski kam eine Idee.

„Sagt mal, habt ihr vielleicht irgendwas Komisches gesehen, so vor einer halben Stunde?"

Das Mädchen gab die Antwort. „Wir waren unten am Wasser. Was sollen wir denn da gesehen haben?"

„Vielleicht ist hier oben jemand rumgeschlichen?", bohrte Grabovski weiter.

„Ein Spanner?", rief Jonas.

Jetzt war eine Beschwichtigung angebracht.

„Na wir wollen doch keine vorschnellen Verdächtigungen äußern. Verratet mir doch mal eure Namen. Also du heißt Jonas, das weiß ich schon. Und ihr beide?" Grabovski sah die Kids fragend an.

Sie hießen Sören und Merle, waren Schulfreunde, wohnten auf dem Cracauer Anger und spielten gern im Stadtpark.

Grabovski redete noch eine Weile mit dem Trio, erfuhr aber nichts weiter. Aber sie versprachen ihr, aufmerksam zu sein und wenn sie was Ungewöhnliches sahen, die Polizei anzurufen. Sie gab den Kids ihren Namen und wollte wieder zurück zu ihrem Kollegen.

Jonas fing plötzlich an, die Büchsen aufzusammeln und

die anderen beiden halfen ihm.

„Das ist aber sehr nett von euch, Jonas", lobte Grabovski. Sowas sah sie nur selten.

„Eigentlich müssten die Zicken das selbst machen", brummte Merle. „Jedes Mal sauen die hier alles ein. Tun so, als ob der Müll von selbst verschwinden würde."

„Habt ihr das schon öfter beobachtet?", fragte Garbovski interessiert?

Sören nickte und warf ein paar leere Schachteln in den Papierkorb. „Die sind oft hier. Führen sich auf, als würde die Bank ihnen gehören. Blöde Tussis!"

„Gut zu wissen, Kinder. Da werd ich wohl mal eine Verwarnung aussprechen. Danke nochmal fürs Aufräumen."

*

Rademacher machte schon von weitem einen ziemlich gestressten Eindruck. Als er seine Partnerin entdeckte, funkelte er sie böse an und flüsterte ihr zu: „Das verzeihe ich dir nie."

Das Geplapper war aber auch nervtötend. Grabovski machte dem mit einer deutlichen Ansage ein Ende. Das lenkte die Aufmerksamkeit des Hühnerhaufens auf sie. Mit provozierenden Posen stellten sich die Mädchen vor ihr auf, hielten aber, wie verlangt, die Klappe.

„Hast du alle Personalien?", fragte sie betont ernst ihren Partner. Dem war klar, dass jetzt irgendwas kam.

„Ja, alle haben ihre Angaben gemacht."

„Eure Eltern werden in den nächsten Tagen Post bekommen. Es wird wahrscheinlich eine Anhörung geben."

„Wieso? Was für eine Anhörung? Haben Sie den Mistkerl

gekriegt?" Die Wortführerin der Clique hatte einen ziemlich schnodderigen Ton am Leib, aber Grabovski ließ sie abblitzen.

„Die Sache mit Nikki ist eine laufende Ermittlung, darüber rede ich nicht mit euch. Ihr dürft euch auf dem Revier zum Vorwurf der Umweltverschmutzung äußern."

„Was?" Das Gekreische ging wieder los.

Ungerührt holte Grabovski ihr Handy hervor und zeigte der Meute die Fotos.

„Das waren wir nicht", kam es patzig von der Anführerin. Grabovski deutete nur kurz auf eines der Mädchen, die eine Büchse in der Hand hielt, die denen auf dem Foto mehr als ähnelte.

„Na wie gesagt, dazu könnt ihr euch dann auf dem Revier äußern. Wir werden eure Aussagen dann mit denen der Zeugen vergleichen."

Mehr als ein wütendes Schnauben kam nicht mehr von der Anführerin.

„Können wir jetzt endlich gehen."

Rademacher zeigte ihnen die *macht den Abflug* Geste und sie trollten sich. Nicht ohne ein paar dumme Bemerkungen natürlich.

Rademacher war immer noch sauer, dass Grabovski ihn mit der Mädchenclique allein gelassen hatte. Bevor er zu einer Beschwerde ansetzen konnte, bot sie an, den Bericht zu schreiben und das versöhnte ihn wieder etwas.

*

Am nächsten Tag platzte die Bombe. Die Volksstimme hatte einen Artikel geschrieben, der die aussagekräftige

Überschrift *Wer ist der Rotehorn Schütze?* trug.

Auf allen Etagen des Reviers gab es Besprechungen. Grabovski und Rademacher mussten antanzen und alle möglichen Fragen über sich ergehen lassen. Das war alles zum größten Teil nur heiße Luft, trotzdem musste irgendjemand der Presse die Sache gesteckt haben. Jetzt kam es auf Schadensbegrenzung an. Magdeburgs Stadtväter wollten auf keinen Fall, dass die Angelegenheit größere Kreise zog und die Boulevardpresse anlockte.

Es wurde angeordnet, verstärkt im Park Präsenz zu zeigen, vor allem weil das Wochenende anstand. Es erwischte natürlich auch Grabovski und Rademacher.

Sie spazierten also aufmerksam durch den Stadtpark.

Auch die Kids waren wieder da und nutzten die Bekanntschaft zu Grabovski aus, um sich ein bisschen wichtig zu machen. Sie kannten viele Stammbesucher des Stadtparks und wussten von vielen kleinen Verfehlungen. Der Chihuahua von Herrn Schlegel zum Beispiel jagte die Enten immer und Herr Schlegel feuert ihn sogar an.

Sie waren oft und gern im Park, aber was die Leute dort anstellten, dass machte sie wütend. Und wenn sie was sagten, wurden sie ausgelacht oder beschimpft. Grabovski hörte aufmerksam zu.

„Ihr seid ja besser als Emil und die Detektive", meinte Rademacher lachend.

Die Kids sahen sich fragend an und Sören fragte: „Ist Emil Ihr Chef?"

Grabovski lachte schallend und Rademacher brummt leise: „Ist wohl vor eurer Zeit gewesen."

Alles blieb ruhig am Wochenende. Sie mussten nur ein paar Hundehalter ermahnen, ihre Lieblinge an der Leine zu führen und bei einigen Grillfreunden war der Hinweis zur richtigen Abfallentsorgung nötig gewesen. Mehr war nicht passiert. Zum Glück.

*

Am Montag atmete alles auf. Die Rotehornschützengefahr war wohl gebannt.

Am Nachmittag machte Grabovski den Vorschlag, trotzdem nochmals in den Stadtpark zu fahren. Nur zur Vorsicht.

Sie fand schnell, wonach sie Ausschau hielt. Sören, Jonas und Merle saßen auf dem Kletterturm des Spielplatzes. Als sie Grabovski sahen, kamen sie sofort angestürmt.

„Alles ruhig heute. Wir haben alles im Blick", rief Jonas schon von weitem.

„Na dann habt ihr euch ein Eis verdient."

Das ließ man sich nicht zweimal sagen. Grabovski spendierte jedem eine Kugel Eis und schenkte dem fragenden Blick von Rademacher keine Beachtung. Er konnte sich keinen Reim darauf machen, wieso sie die große Freundin spielte. Dann wurde sie plötzlich ernst und redete mit den Kindern wie mit Erwachsenen.

Sie erzählte von den Notrufen, von dem Zeitungsartikel über den Rotehornschützen und dass der Gedanken an einen Mann mit einem Gewehr im Park den Leuten Angst machen würde. Sie selbst glaube zwar nicht, dass jemand mit einem Gewehr geschossen habe, aber es gäbe ja noch andere Geräte, mit denen man schießen konnte.

Die Kids waren ganz still geworden. Schließlich frage

Jonas leise: „Mit einer Zwille?"

Grabovski nickte. „Zum Beispiel. Wenn man so eine Krampe abkriegt, kann das ganz schön wehtun."

„Das war keine Krampe", rief Jonas und ruderte gleich wieder zurück.

„Vielleicht war's ja nur ein Papierkügelchen."

„Aber auch das wäre verboten, Jonas."

Jetzt sahen die drei wirklich wie bedeppert aus.

Rademacher war sprachlos. Das hätte er ja nie vermutet, dass die drei Racker dahintersteckten. Merle fasste sich endlich ein Herz und fragte vorsichtig.

„Und wenn's nicht mehr vorkommt?"

„Naja, ich weiß nicht." Grabovski gab sich Mühe nicht zu grinsen.

„Es wäre jedenfalls besser, wenn nichts mehr passieren würde. Dann ist der Rotehorn Schütze bald vergessen und die Polizei könnte sich wieder um die richtigen Verbrecher kümmern.

Jonas blickte auf und sagte völlig ernst: „Es wird bestimmt nicht mehr passieren. Wir werden gut aufpassen."

„Das wird vielleicht nicht reichen. Wir brauchen da noch etwas mehr, einen Beweis, dass nichts mehr passieren kann."

Jonas sah die Polizistin verwundert an, bis Sören ihn anstupste und auf einen imaginären Punkt hinter Jonas Rücken deutete. Jetzt verstand er.

Seine Hand griff nach hinten und kam mit der *Tatwaffe* wieder hervor.

Mit den Worten: „Die werde ich mal sicherstellen", griff Grabovski danach.

Sie überlegte kurz und sagte dann: „Ganz ohne Strafe wird das aber nicht abgehen. Ich spreche euch eine Verwarnung aus und außerdem seid ihr ab sofort verpflichtet, regelmäßig im Stadtpark nach dem Rechten zu sehen und uns Bericht zu erstatten, wenn wir hier sind. Also haltet die Augen offen, okay?"

Die Kids nickten mit ernster Miene und schauten den Polizisten nach, die wieder in ihren Streifenwagen stiegen.

Aus dem Augenwinkel sah Grabovski, wie Jonas mit der Faust eine Siegergeste machte und sie hörte ein lautes

„Jeeeeh!".

Der Butler von Buckau

A.W. Benedict

Der Butler sollte stets das große Ziel vor Augen haben, seine Fähigkeiten und Fertigkeiten zu vervollkommnen und in den Dienst einer größeren Sache zu stellen, dem Dienste an seiner Herrschaft. Der Butler trägt ein hohes Maß an Verantwortung für Haus und Hof, sollte zu jeder Zeit reinlich und angemessen angezogen erscheinen und muss die Diskretion in Persona sein.

Herr Karl Kobiak war niemals auf einer Butlerschule gewesen. Er hatte sich die Attribute eines guten Butlers selbst angeeignet. Er war schlank und groß, hatte die tiefschwarzen Haare mit genügend Gel zur Ordnung gerufen und trug zu jeder Zeit seine schwarzen Anzüge, ein weißes gestärktes Hemd, eine Weste mit grauen Nadelstreifen, schwarze gut geputzte Schuhe und eine sorgfältig gebundene Krawatte, schwarz, mit Windsorknoten.

Seit ein paar Tagen war er bei dem Industriellen Walther und seiner Familie eingestellt. Vorher hatte er für einen Grafen gearbeitet und davor für eine Dame der Oper Magdeburg und davor für einige Andere.

Herr Kobiak arbeitete gern. Er liebte seinen Beruf.

Er liebte die Abwechslung.

Die alte Villa im Stadtteil Buckau war in die Jahre gekommen. Herr Walther wollte renovieren, ausbauen und neu arrangieren. Er hatte Geld, Nerven und einen kleinen

Bauchansatz. Seine Frau war Anfang vierzig mit zu viel Makeup und frisch blondierten Haaren, die sie bei jeder Gelegenheit schüttelte, wie ein Pferd seine Mähne. Die Kinder, zehn und zwölf Jahre alt, waren verwöhnt und hassten ihr neues Domizil.

Kobiak nahm diese Dinge als Normalität hin und tat sein Bestes. Er sprach niemals außerhalb seines Dienstes über die neuen Herrschaften, das geziemte sich nicht für einen Butler.

Heute war der Tag der Einweihung der neuen Villa.

Gäste waren eingeladen, das Haus geschmückt mit frisch gesteckten Rosenarrangements, die Tafel glänzte im Licht der Kerzen, der Sekt stand kühl und das Essen wurde vorbereitet. Kobiak hatte persönlich die Köchin eingestellt, vormals tätig für ein sehr renommiertes Hotel der Stadt. Geld hatte den Weg geebnet. Sie kannten sich seit langem.

Er warf einen Blick in die Küche, alles verlief nach Wunsch.

Die Kinder rannten zwar schon wieder ohne Sinn und Verstand im Haus treppauf und treppab, aber der Butler schloss kurz die Augen, tippte mit einem Finger an die Seite seines rechten Ohres und da war sie, die Beruhigung. Alles würde zu seiner Zufriedenheit ablaufen.

Warum sollte es diesmal anders sein.

Um Punkt neunzehn Uhr fuhr der erste Wagen vor.

Der Butler öffnete die Tür, nahm Mäntel und Jacken entgegen, verbeugte sich tief und brachte die Gäste in den großen Salon der Villa, einem wunderschönen Raum mit hohen Decken, Stuckverzierungen, einem Kristallleuchter an der Decke und exquisiten Möbeln.

184

Der Butler öffnete Sektflaschen, die zusätzlich angeworbenen Kellner gingen mit Tabletts voller glitzernder Kristallgläser herum. Man unterhielt sich angeregt. Die Gastgeber waren zufrieden.

Leise Musik erklang aus dem angrenzenden Musikzimmer, ein Sänger trällerte eine Opernmelodie. Kobiak dachte wehmütig an die Operndiva, die er einmal als Butler betreuen durfte.

„Gott hab sie selig", dachte er bei sich und schüttelte traurig den Kopf.

Die Kinder sollten etwas aufsagen, weigerten sich und der Butler, ganz Herr der Lage, überspielte die Sache mit dem Ruf zum Büfett.

Ein wundervoller Abend, gemacht von einem wundervollen Butler.

Die ersten Gäste gähnten. Kaum zwei Stunden waren vergangen. Der Gastgeber Walther saß bereits seit zehn Minuten und schlief tief und fest in seinem Sessel. Die Dame des Hauses hörte auf das Haar zu schütteln und musste sich setzen.

„Ach Kobiak", hauchte sie. „Bringen Sie mir doch ein Glas …"

Sie schlief.

Der Butler hatte als Kind Dornröschen so sehr geliebt. Wie wunderbar das gesamte Schloss in Schlaf verfiel und man zwischen ihnen herumgehen konnte, ohne dass sie etwas merkten. Wunderbar.

Er stellte sein Tablett ab, nahm die weißen Handschuhe aus seiner Jackettasche, streifte sie betont langsam über und begab sich in das Arbeitszimmer des Hausherren.

Im Flur musste er über einen schnarchenden Kellner steigen, zum Glück hatte er kein Tablett mit Gläsern getragen, das wäre unangemessen in seinem, Kobiaks, Haushalt gewesen. Mit leichter Abscheu bemerkte er den dünnen Speichelfaden, der aus dem offenen Mund des jungen Mannes floss. Dieses Personal heutzutage? Kein Ehrgefühl. Er schüttelte den Kopf.

Der Butler ging zu dem großen Ölgemälde mit dem Magdeburger Dom darauf, klappte es zur Seite, gab, nachdem er seine Hände ausgiebig gestreckt hatte, die Kombination ein, dreißig links - zwölf rechts – sieben links – zwölf rechts. Es machte Klick. Das hörte der Butler immer wieder gern.

Er entnahm die Geldbündel, den Schmuck der Gattin und die Münzensammlung. Das schöne bunte Ei auf dem Sockel würde schwierig zu verkaufen sein, aber der Butler hatte bereits einen besonderen Platz dafür.

Dann ging er nochmals in die Küche.

Die Köchin sah ihn lächelnd an, er nickte ihr zu und sie tranken gemeinsam ein Glas Sekt. Die Beute befand sich nicht mehr im Haus.

Als der erste Gast erwachte, waren fünf Stunden vergangen, der Safe war leer und die Hausangestellten schliefen fest.

Die Polizei suchte Fingerabdrücke, fand aber nur die der Gäste und des Personals. Man vernahm, fragte aus und mühte sich, eine Fahndung zu formulieren, aber nach wem, war Kommissar Müller nicht klar.

Der Hausherr stand unter Schock.

„Das kann es doch nicht geben! Sie müssen doch irgendeinen Verdacht haben, guter Mann?", schniefte er.

„Tut mir leid. Wir werden unser Bestes geben. Sie sind nicht der erste Fall dieser Art." Mit diesem Satz verabschiedete sich der Polizist und ging.

Am nächsten Tag kündigte zum Ärger Herrn Walthers nicht nur der Butler, sondern auch die Köchin.

„So etwas habe ich in meiner langjährigen Tätigkeit als Butler noch nicht erlebt. Bitte entschuldigen Sie. Aber ich kann in so einem Haus nicht arbeiten."

Er verbeugte sich, nahm seinen Koffer und den Anzugsack und ging. Die Köchin, eine nette kleine Person mit wundervollen roten Haaren und einer Stupsnase, folgte ihm.

„Siehst du, mein Liebling", raunte sie ihm auf der Straße zu. „Es geht auch ohne Gewalt wunderbar. Man muss nur den Dreh raushaben."

Herr Kobiak, der Butler von Buckau, nickte ihr zu.

„Was kann ich dafür, wenn sie einfach nicht schlafen wollte. Man muss angemessen zu jedem Anlass passend reagieren, meine Liebe." Er seufzte.

„Ach, diese Opernsängerin, Gott hab sie selig!"

Olegs Eleven

Sylvie Braesi

Es war schon kurz vor 21:00 Uhr, die Straßen waren fast menschenleer. Um diese Zeit leuchtete nur noch jede zweite Straßenlaterne und nicht nur am Rande der Stadt. Die Straßenbahn verkehrte um diese Zeit nach dem Nachtfahrplan. Das bedeutete für die zwei Männer, die an der Haltestelle MVB standen und den Fahrplan studierten, entweder eine halbe Stunde warten oder ein Stück laufen.

Manne, der Größere von beiden, entschied, dass es besser war zu laufen, als hier in der Kälte zu stehen.

Kalli, der Kleinere, schlug vor, sich doch ein Taxi zu teilen, aber Manne brummte nur was von Geldverschwendung. Damit war die Sache abgetan.

Kalli gab nach. Das tat er ja immer. Und jedes Mal ärgerte er sich darüber. Seine Frau Martina hatte ihm schon oft zugeredet, er solle sich doch nicht immer alles gefallen lassen. Eigentlich hatte sie Recht, aber irgendwie kriegte er es nicht fertig, Nein zu sagen, wenn Manne wiedermal einen seiner blödsinnigen Vorschläge machte. Manne war eben sein Freund, schon seit der Schule. Da hielt man zusammen.

Also bestand Kallis Antwort auf Martinas Gerede stets aus einem Abwinken und damit war der nächste Ärger vorprogrammiert.

So auch heute.

Manne hatte es sich in den Kopf gesetzt, eine Nachbarschaftswache zu gründen. Da er nicht so recht wusste, wie er das anfangen sollte, hatte er sich und Kalli kurzerhand für einen Vortrag in der Volkshochschule angemeldet.

Betrugsmaschen und wie man sie erkennt, hieß die zweistündige Veranstaltung und war eigentlich sehr interessant gewesen.

Wenn Manne nur nicht immer so blöde Bemerkungen gemacht hätte. Er wusste eben immer alles besser.

Jetzt, auf dem Weg in Richtung Hasselbachplatz, ließ er sich so richtig über die Vortragsdame aus. Bloß gut, dass die das nicht mitbekam.

Je näher sie dem Hassel kamen, umso nervöser wurde Kalli. Ihm schwante, dass Manne den Vorschlag zu laufen, nur gemacht hatte, um ihn zu überreden, in einer der vielen Kneipen noch einzukehren. Na Prost Mahlzeit.

Kurz vor der Einsteinstraße blieb Manne plötzlich stehen. Jetzt war es also soweit.

Kalli suchte schon nach einer Ausrede, als Manne ihn unsanft in einen Hauseingang zog.

„Was soll das denn?", fragte Kalli ärgerlich.

Manne zog Kallis Kopf so weit nach vorn, dass er gerade so um die Ecke sehen konnte und raunte ihm zu: „Siehst du das?"

Kalli sah nur die Straße, ein paar geparkte Autos und sonst nichts.

„Was denn?"

„Der Wagen Mensch, der Van!"

Kalli sah vorsichtshalber nochmal hin. Ja, da stand ein VW Multivan. Achselzuckend wandte er sich wieder an Manne.

„Ja und? Kennste den?"

Manne sah aus, als ob er gleich ausrasten wollte.

„Siehste nicht, wo der vor steht?"

„Hä?" Wenn er doch nur wüsste, was sein Kumpel meinte.

Statt einer Antwort zog Manne ihn aus dem Hauseingang und schob ihn auf die andere Straßenseite. Kallis Blick ging zum Auto, doch schon zischte Manne: „Nicht hinsehen!"

Hinter einem Kleinlaster suchten sie Deckung, auch wenn Kalli nicht wusste, wovor.

Ihm reichte es. Wenn sie nicht bald weitergingen, würden sie die nächste Bahn verpassen und das hieß, wieder eine halbe Stunde warten.

„Sagst du mir endlich, was los ist? Du führst dich auf wie ein Verrückter."

Manne schüttelte enttäuscht den Kopf.

„Du hast echt keine Ahnung, was los ist?"

Kalli drehte sich um und wollte weitergehen.

„Da drüben steigt ein Banküberfall!", rief Manne und versuchte so leise wie möglich zu sein.

„Du spinnst doch. Nur weil da ein Van steht, heißt das nicht, dass da ein Banküberfall stattfindet."

„Okay, du Ungläubiger. Das ist nicht nur ein Van, der hat auch abgedunkelte Scheiben, das Nummernschild ist nicht zu erkennen und der Fahrer lässt den Motor laufen. Glaubst du, so was steht zufällig vor einer Bank?"

„Na vielleicht wartet der Fahrer auf seine Frau, die gerade Geld abhebt", versuchte Kalli einzuwenden.

Sie lugten vorsichtig hinter dem Kleinlaster hervor. Der

Van versperrte die Sicht auf den Kundenraum. Dafür sahen sie etwas anderes, die Aufschrift auf dem Van. Kalli konnte kaum glauben was er da sah. Da stand in großen geschwungenen Buchstaben:

OLEGS ELEVEN

Manne hatte es auch gesehen und sein überhebliches Grinsen war kaum zu ertragen.

„Ganz schön blöd, wenn du mich fragst. Typisch Nachahmer, halten sich immer für besser als das Original."

Kalli war immer noch der Meinung, dass sein Kumpel falsch lag, sagte aber lieber nichts. Er ließ es stumm zu, dass Manne sein Handy zückte und die Polizei anrief.

Kurz, knapp und sehr stolz berichtete er, dass vor der Bank in der Otto-von-Guericke-Straße, Ecke Einsteinstraße gerade eine Bande der russischen Mafia versuchte, die Geldautomaten zu knacken. Er beschrieb auch genau, von wo aus er den Vorfall beobachtete. Ja, er würde hier warten und sich nicht von der Stelle rühren, waren die letzten Worte seines Telefonats.

Als die Sirenen der Einsatzfahrzeuge ertönten, dachte Kalli mit Schrecken an die Möglichkeit, dass Manne am Ende Recht behalten könnte. Wenn das geschah, würde er wahrscheinlich nie wieder von seinem hohen Ross runterkommen.

Drei Fahrzeuge mit Blaulicht kamen aus Richtung Hassel, wendeten und keilten den Multivan ein. Die Mannschaft des ersten Wagens hielt den Fahrer mit vorgehaltenen Waffen in Schach. Die übrigen vier Beamten liefen zur Eingangstür der Bank.

„Verdammt", fluchte Manne, „man kann überhaupt nichts

sehen."

Das stimmte nicht ganz. Nur, was im Inneren der Bank vorging, blieb für die Beobachter unsichtbar. Immerhin sahen sie einen Mann mit erhobenen Händen aus dem geparkten Auto steigen.

Er musste sich an den Wagen stellen und wurde abgetastet. Der Fluchtwagenfahrer schien nicht bewaffnet zu sein, denn er durfte sich umdrehen. Jetzt kontrollierten die Beamten die Papiere, die er ihnen reichte.

Der Zugriff in der Bank war wohl beendet. Ein Teil der Polizisten kam um den Van herum und sprachen kurz mit den Kollegen. Einer von ihnen deutete in Richtung Kleinlaster und sofort kamen die beiden Beamten über die Straße.

Manne schob Kalli beiseite. Das war seine große Stunde.

„Polizeiobermeister Rademacher", stellte sich ein Beamter vor. „Sind Sie der Mann, der den Banküberfall gemeldet hat?"

Manne platzte fast vor Stolz, antwortete aber mit gespielter Bescheidenheit.

„Ja, das war ich, Manfred Mühlhof. Ich wusste sofort, dass da was nicht stimmt. Mein Kumpel wollte es ja nicht glauben, aber ich hab die Sachlage sofort erkannt. Haben Sie alle gekriegt? Ich bin bereit, sofort meine Aussage zu machen."

Während Manne sich so in Szene setzte, war Kalli das amüsierte Funkeln in den Augen von Rademachers Kollegin nicht entgangen. Da Rademacher gerade die Worte zu fehlen schienen, übernahm sie das Reden.

„Ich bin Polizeiobermeister Grabovski. Herr Mühlhof, wenn Sie etwas zur Sache aussagen wollen, können Sie das natürlich tun. Ich weise Sie jedoch ausdrücklich darauf hin, dass Sie das nicht müssen."

„Wie bitte? Haben die Typen schon gestanden?"

„Der Einzige, der etwas gestanden hat, sind Sie." Jetzt zuckten auch die Mundwinkel von Rademacher.

„Was hab ich? Ich hab den Überfall gemeldet!"

In diesem Moment wurde der Van gestartet. Er rollte aus der Parklücke, wendete und mit quietschenden Reifen fuhr er an Manne und Kalli vorbei.

„Sie lassen die laufen?", rief Manne völlig entrüstet.

„Es gab keinen Banküberfall, Manne", schaltete sich Kalli ein. Doch so schnell gab Manne nicht auf.

„Das war kein Überfall? Wieso stand der Wagen denn mit laufendem Motor direkt vor der Bank. Das Kennzeichen war auch nicht zu erkennen. Das ist doch verdächtig. Na ja und dann die Aufschrift, Olegs Eleven, so wie in Oceans Eleven."

Grabovski sah Manne etwas mitleidig an und erklärte.

„Der Wagen gehört einem Oleg Schmidtke aus Schönebeck und nicht der Russischen Mafia. Wegen der schmutzigen Kennzeichen haben wir ihn verwarnt, aber mehr konnten wir ihm nicht vorwerfen."

Ein paar hundert Meter weiter hielt der Van gerade wieder an und Grabovski fuhr mit ihrer Erklärung fort.

„Der Fahrer hatte mit dem Wagen nur dort drüben gestanden, weil er auf seine Fahrgäste gewartet hat. Die sind aber nicht in der Bank, sondern im Theater, wo der Mann keinen Parkplatz gefunden hat. Ich glaube, da kommen sie."

Aus Richtung Theater kam eine Gruppe fröhlich plappernder kleiner Mädchen. Unter ihren dicken Daunenjacken blitzten rosa Tutus hervor. Sie hüpften aufgeregt um einen Mann herum, der eine goldene Trophäe in den Händen hielt. Beruhigend redete er auf die Mädchen ein und brachte sie schließlich zum Einsteigen.

Als der Van wieder an dem vermeintlichen Tatort vorbeifuhr, sah Manne ihm enttäuscht hinterher.

Grabovski legte ihm die Hand auf die Schulter und sagte: „Tja, Oleg Schmidtke leitet ein Tanzstudio in Schönebeck. Heute war im Theater ein Talentwettbewerb für Tanzschulen und er war auch dabei. Das eben war Oleg mit seinen Tanzschülern, oder auch Olegs Eleven, was so viel wie Schüler bedeutet."

Leise lachend drehten sich Grabovski und Rademacher um und je weiter sie sich von den Männern entfernten, umso lauter wurde ihr Gelächter.

Nach und nach rückten die Polizeifahrzeuge wieder ab. Die Straße lag so still vor ihnen, als wäre nichts geschehen. Gerade als Manne zum Sprechen ansetzte, fuhr mit leisem Surren die Straßenbahn an den Männern vorbei.

Kalli sah seinen Kumpel wütend an und zum ersten Mal regte sich echter Widerspruchsgeist in ihm. Sehr bestimmt sagte er: „Jetzt nehmen wir ein Taxi und du bezahlst!"

...und die Moral von der Geschicht, ärgere den Autor nicht!

Diese kleine Warnung sei uns am Ende unseres Buches erlaubt. Sie könnten sich sonst schnell in einer der nächsten Geschichten wiederfinden und das ganz sicher nicht als Gesetzeshüter. Diese Rollen sind nämlich schon besetzt und Sie wissen doch...

Fortsetzung folgt!

Jetzt sind Sie natürlich neugierig, welchem Thema wir uns im nächsten Buch widmen. So viel sei verraten. Es wird gruselig in M an der E.

Fürs erste soll es das aber gewesen sein. Wenn unsere Geschichten Sie amüsiert haben und die Tipps und Ratschläge Sie auch künftig davon abhalten, Mord zu Ihrem Hobby zu machen, dann haben wir unser Ziel ja auch erreicht.

Und nun schauen Sie ruhig noch mal nach, ob alle Fenster geschlossen und die Türen verriegelt sind.

Zum Abschluss noch ein kleiner Hinweis von Dana Mosier, Special Agent aus der Serie FBI:

„Wenn Sie heute Abend ins Bett gehen, denken Sie dann über die sehr geringe Wahrscheinlichkeit nach, dass Sie ein Serienmörder angreift, oder dass es zwölf Mal wahrscheinlicher ist, dass die Person, die neben Ihnen liegt, Sie umbringen wird?"

Die Antwort, müssen Sie schon selber finden.

Bis zum nächsten Mal. Bleiben Sie am Leben!

Ihr Magdeburger Mörder Club

Die Autorinnen

Sylvie Braesi

Geboren und aufgewachsen 1960 in Magdeburg. Sie hat eine Ausbildung als Heimerzieherin und war u.a. als Dozentin und Vermittlungscoach in der Erwachsenenbildung, Kabarettistin und Kellnerin tätig. Mit *Manhattan Tenderloin*, den ersten zwei Büchern, hat sie sich einen lang gehegten Wunsch erfüllt. Als Freundin spannender Unterhaltung lag es nah, dass ihre erste Geschichte ein Krimi wurde.

Ihre Bücher erscheinen als Selfpublisher.

A.W.Benedict

Sie lebt in Magdeburg und arbeitet als Autorin und Illustratorin. Ideen für Bücher bevölkerten seit langem ihren Kopf. Ihre Kinder brachten sie schließlich auf den Gedanken diese Geschichten aufzuschreiben.

Ihre erste Buchreihe handelt von dem Butler Arthur Reginald Beanstock, der als Hobbydetektiv verzwickte Fälle lösen muss. Neben ihrer Leidenschaft für Kriminalgeschichten schreibt sie Jugendbücher. 2018 ist das Buch *Stormy* erschienen. Seit 2019 gibt es die Reihe um *Peter Scott,* der in eine fremde fantastische Welt abtaucht.

Ihr findet mich auf meiner Webseite awbenedict.de

Bisher erschienen
Sylvie Braesi
Manhattan Tenderloin 1&2

ISBN 978-3-752-88610-8
auch als E-Book erhältlich

New York 1911
Privatdetektiv James Knox erhält einen geheimen Auftrag.
Er soll den Mörder eines engen Freundes des Bürgermeisters
aufspüren. Noch dazu ist er gezwungen, mit dem Mann zusammenzuarbeiten, der den Fall bisher ergebnislos bearbeitet hat,
Detektive Malone. Die beiden unterschiedlichen Männer müssen sich zusammenraufen, wenn sie erfolgreich sein wollen, denn
der Fall ist komplizierter, als sie ahnen.

Manhattan Tenderloin 3

Die Jagd geht weiter

ISBN 978-3-752-82825-2

Auch als E-Book erhältlich

Das Ermittlertrio um Knox, Malone und Coulson
gibt nicht auf.
Doch plötzlich werden die Jäger zur Beute.
Ihr Gegner ist nicht wählerisch in seinen Mitteln
und er ist ihnen immer einen Schritt voraus.
Als Knox erkennt, wie gefährlich dieser Mörder wirklich ist,
hat ihre Jagd bereits ein Opfer gefordert.

A.W. Benedict

Die Beanstockreihe - Krimis mit englischem Charme

Beanstocks erster Fall

ISBN 978-3-752-87721-2
auch als E-Book erhältlich

Ein untergetauchter Spion und eine
geheimnisvolle Mordserie.
Der Butler Beanstock ermittelt.

Beanstocks zweiter Fall

ISBN 978-3-7481-1080-4
auch als E-Book erhältlich

Eine Selbstmordserie in London und
die geheime Dienstbotenverbindung
Daisy Chain.

Beanstocks dritter Fall

ISBN 978-3-7494-5155-5
Auch als E-Book erhältlich

Ein geheimnisvoller Skarabäus,
eine skrupellose Grabräuberbande und
eine verrückte Autorin.

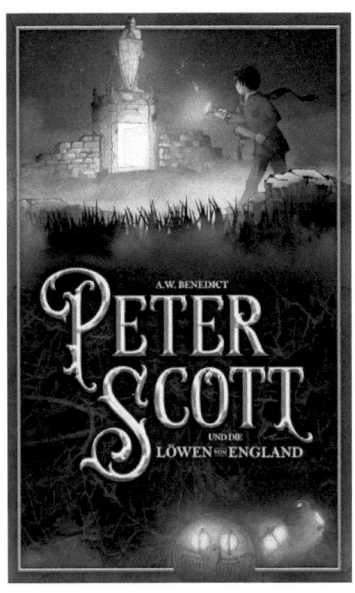

ISBN 978-3-7481-7392-2
Auch als Kindle E-Book erhältlich
Kinder- und Jugendbuch

Ein Schüler an einem College in England, ein Tor in eine
fremde fantastische Welt und
ein mächtiger Gegner.
Das Fantasyabenteuer rund um den jungen
Peter Scott

Weitere Infos unter pscott.de